I0649968

BIBLIOTHEQUE

DE LA

JEUNESSE CHRÉTIENNE

APPROUVÉE

PAR S. ÉM. LE CARDINAL ARCHEVÊQUE DE TOURS.

Propriété des Éditeurs,

30

NOUVELLES

MORALES

PAR

Mᵐᵉ LA Cˢˢᵉ DE LA ROCHÈRE

Auteur de *Tebaldo*, des *Châtelaines de Roussillon*, etc.

TOURS

Aᵈ MAME ET Cⁱᵉ, IMPRIMEURS-LIBRAIRES

—

1854

AVANT-PROPOS.

Cédant aux sollicitations de Mme de G***, l'une de mes plus anciennes amies, je me décidai l'an dernier à aller passer quelques jours dans une belle terre qu'elle venait d'acheter sur les bords de la Vienne.

Mme de G*** est une femme de quarante ans, qui n'a jamais cherché à briller dans le monde, mais qui a des qualités précieuses : une grande bonté, une piété fervente, une douceur inaltérable et le jugement le plus sain que je connaisse. Veuve de bonne heure, elle s'était consacrée tout entière à l'éducation de ses enfants, dont elle avait surveillé et dirigé les études, tout en administrant sagement eur fortune. Georges, son fils, travaillait alors pour entrer à l'École Polytechnique; Louise et Clotilde, l'une âgée de dix-huit ans, l'autre de dix-sept, étaient deux charmantes jeunes filles, pleines de grâce et de candeur, si vives, si gaies, si caressantes, qu'on se sentait rajeunir dans leur compagnie. Il n'y avait que cinq ou six jours que j'étais auprès d'elles, et je les aimais déjà de tout mon cœur.

Toutes les deux attendaient avec une égale impatience l'arrivée de leurs cousines, Marguerite et Victoire, qui, ayant perdu leur mère depuis longtemps, passaient ordinairement leurs vacances auprès de leur tante de G***. Elles devaient venir, conduites par leur frère unique, jeune officier d'artillerie, qui avait obtenu un congé de quelques mois. Georges, Louise et Clotilde comptaient les jours et les heures, et il n'était question du matin au soir que des plaisirs qu'on procurerait aux trois voyageurs.

« D'abord, disait le jeune homme, nous irons à la chasse, mon cousin et moi, et nous tuerons force gibier, que nous trouverons excellent.

— C'est cela, interrompait la sœur

aînée, vous irez chasser pour nous revenir accablés de fatigue et vous endormir le soir, suivant la maussade habitude des chasseurs, au lieu de faire de la musique, ou de jouer aux charades.

— Nous ne chasserons que jusqu'à l'heure du déjeuner, reprenait Georges, et l'après-midi nous irons visiter tous ensemble les beaux sites des environs; nous porterons nos albums pour prendre des croquis, nous ferons des parties de pêche, et nous dînerons sur l'herbe quelquefois.

— C'est charmant ! s'écriaient les deux sœurs; comme nous allons nous amuser ! »

Le jour si ardemment désiré arriva à la fin; à quatre heures du soir, les yeux perçants de Clotilde aperçurent une calèche tout au bout de la longue avenue.

« Ce sont eux ! » s'écria-t-elle.

Et, plus légère qu'une biche, elle s'élança à la rencontre des voyageurs. Louise et son frère la suivirent de près, et dix minutes plus tard ces aimables enfants entraient au salon, Georges et son cousin Alfred se tenant par le bras, les quatre jeunes filles tendrement enlacées.

Les premières heures s'écoulèrent en transports de joie, en caresses réciproques ; puis, après le dîner, on s'occupa de tracer le programme des plaisirs du lendemain, et tous les jeunes gens, d'un commun accord, résolurent de commencer par faire une visite à d'aimables voisines demeurant à deux petites lieues du château.

La route étant mauvaise et la voiture ne pouvant d'ailleurs contenir tout le monde, Georges proposa aux jeunes filles de monter sur des ânes, tandis qu'Alfred et lui les accompagneraient à pied. Cette offre fut accueillie par des bravos et des éclats de rire, et Mme de G*** ayant donné son consentement à cette joyeuse cavalcade, il ne fut plus question que de trouver un nombre d'ânes suffisant pour porter ces demoiselles. Georges en fit son affaire, et parla en outre d'un goûter champêtre à la ferme; puis, comme il était déjà fort tard, et les voyageurs se trouvant fatigués, toute cette jeunesse alla se mettre au lit, si occupée de ses charmants projets, que Clotilde et Victoire avouèrent le lendemain au déjeuner qu'elles en avaient rêvé toute la nuit.

A midi précis, la voiture était attelée pour Mme de G*** et pour moi, et les quatre ânes, plus ou moins élégamment harnachés, mais portant tous en guise de plumet un superbe bouquet de dahlias et d'amarantes, galanterie de Georges qui fit rire aux éclats ses sœurs et ses cousines, attendaient patiemment leur charge légère. Déjà même Marguerite et Clotilde s'étaient mises en selle et recevaient force compliments sur leur bonne grâce, lorsque Pierre, le vieux jardinier, leva la tête et dit :

« Voilà de gros nuages qui n'annoncent rien de bon ; je crains bien qu'il n'y ait de la pluie tantôt.

— Quel oiseau de mauvais augure ! dit Victoire à demi-voix, tout en s'élançant sur son âne.

— Je crois bien que Pierre a raison, reprit Mme de G*** en regardant le ciel avec une certaine anxiété.

— Bah ! dit Georges, il y a huit jours que le temps se couvre toujours ainsi vers midi ou une heure, ce qui n'empêche pas le soleil de reparaître ensuite et la terre de demeurer sèche.

— Je ne suis pas rassurée du tout, me dit Mme de G*** : qu'en pensez-vous, ma chère ?

— Risquons l'aventure, répondis-je,

ils sont tous si heureux de cette promenade ! »

Nous partîmes donc, à la grande satisfaction de la jeune troupe ; mais à peine
avions-nous atteint le bout de l'allée que
de grosses gouttes tombèrent déjà sur la
cime des arbres.

« Cela ne sera rien, dit Georges en
apercevant l'inquiétude qui commençait
à se manifester sur tous les visages.

— Certainement non, » répondirent
les jeunes filles.

Presque au même instant la pluie re-
doubla, et, perçant le feuillage touffu,
elle inonda la terre.

« Aller plus loin serait folie, me dit
Mme de G***.

— Je le crois, » lui répondis-je.

1*

Nous rebroussâmes donc chemin, et la cavalcade reprit sur nos traces la route du château, à la grande joie sans doute des coursiers improvisés, mais certainement aussi au grand déplaisir des intrépides écuyères.

« N'est-ce pas jouer de malheur? disait Clotilde, en jetant avec dépit sur un fauteuil son joli chapeau de paille déjà tout imbibé de pluie; il y avait plus de quinze jours qu'il n'était tombé une seule goutte d'eau.

— C'est précisément pour cela que ce mauvais temps ne doit pas t'étonner beaucoup, répondit doucement sa mère; ce sont de ces petites contrariétés qui se renouvellent souvent dans la vie, et qu'il faut savoir supporter sans se plaindre.

— Voilà cependant toute une journée perdue, dit Georges.

— Veux-tu en profiter pour repasser ton cours de Géométrie ? lui dit Alfred ; je te donnerai volontiers quelques leçons.

— Je ne demande pas mieux, répondit Georges, tu me rendras grand service.

— Allons, il ne manquait plus que cela, murmura Victoire d'un air de mauvaise humeur : voilà Alfred qui nous enlève mon cousin Georges. Qu'allons-nous faire pour nous amuser pendant qu'ils travailleront ensemble à leurs éternelles mathématiques ?

— Je n'en sais rien, dit Louise. Voulez-vous essayer un peu de musique ?

— Il vaut mieux réserver la musique

pour le soir, répondit Victoire ; peut-être ces messieurs voudront-ils bien alors quitter leurs x et leurs y, et nous accompagner avec leur violon.

— Si la pluie cessait tant soit peu, nous pourrions faire un tour de jardin.

— Oui, mais elle ne cesse point ; elle augmente au contraire, » dit Louise.

Toutes quatre s'approchèrent de la fenêtre, regardant tristement le ciel chargé de nuages, et les flaques d'eau dont la cour était remplie, qui s'élargissaient de minute en minute.

Dans ce moment une petite fille d'une dizaine d'années traversa rapidement cette cour, et, laissant ses sabots tout mouillés dans le vestibule, elle s'avança jusqu'à la porte du salon.

C'était bien la plus jolie petite créature qu'il soit possible d'imaginer, malgré les haillons dont elle était couverte. Ses cheveux, blonds comme l'or, s'échappant en abondance d'une petite coiffe d'indienne, tombaient en grosses boucles sur ses épaules; ses joues rebondies avaient le velouté délicat de la pêche; et ses yeux, d'un bleu foncé, étaient doux et vifs à la fois.

En voyant les belles dames qui remplissaient le salon, la petite fille s'était arrêtée interdite.

« Que demandes-tu, mon enfant? lui dit Mme de G*** avec sa douceur ordinaire.

— Dame! balbutia la petite fille d'une voix timide, tout en découvrant un petit panier qu'elle portait au bras gauche, si

Madame voulait m'acheter ces champignons, cela me ferait grand plaisir, car
il fait vilain temps, et je me mouillerais
beaucoup pour aller les vendre à la ville.

— Je le crois bien, dit Louise, il pleut
à verse.

— Et combien veux-tu de tes champignons? demanda Mme de G***.

— Ce que Madame voudra, répondit-elle gentiment.

— Tiens, voilà cinquante centimes,
reprit mon amie en tirant une petite
pièce de sa bourse. »

L'enfant tressaillit de joie, et avança
vivement sa petite main potelée ; mais
elle la recula presque aussitôt, et dit :

« A Chauvigny on ne m'a jamais
donné plus de vingt-cinq ou trente cen-

times d'un panier de champignons pareil, et je ne voudrais pas tromper Madame.

— Tu es une honnête fille, reprit Mme de G*** ; prends ces dix sous, ils sont bien à toi, puisque je te les donne. »

Et tirant le cordon de la sonnette :

« Justine, dit-elle à la femme de chambre qui se présenta aussitôt, prenez un panier et débarrassez celui de cette enfant. »

Justine obéit, et à peine la petite fille eut-elle son panier vide, qu'après avoir fait une belle révérence elle reprit ses sabots et se mit à courir de toutes ses forces.

« Attends au moins que l'averse diminue, lui cria Clotilde. »

Mais l'enfant ne l'entendit point, tant

elle était pressée de retourner chez elle avec ses dix sous.

« Vous recommanderez à la cuisinière d'examiner ces champignons avec le plus grand soin avant de les faire cuire, dit Mme de G*** à sa vieille femme de chambre, car c'est toujours une production fort dangereuse.

— Du moment où c'est Julienne qui les a ramassés, il n'y a rien à craindre, répondit celle-ci ; personne dans le pays ne connaît mieux les champignons que Julienne, personne n'est plus intelligent ni plus industrieux,

— Elle paraît cependant bien pauvre, observa Clotilde.

— Oh ! sans doute, reprit Justine, qui était du pays et qui connaissait tout le monde aux environs. La mère Bernard, qui a recueilli Julienne presque à sa naissance, est malade depuis six mois, et ses deux filles ne sont pas très-dégourdies, quoique ce soient de bonnes créatures au fond; Julienne seule entretient le ménage.

— Où demeure cette pauvre famille? demanda la bonne Mme de G***, déjà toute préoccupée de ce qu'elle venait d'apprendre.

— Là-bas, presque à toucher le moulin, reprit la femme de chambre. Ce sont de braves gens dans la force du terme, mais bien malheureux depuis quelque temps.

Autrefois la femme Bernard était à son aise, son mari avait une maison et un petit bien à lui. Il aimait un peu trop la bouteille peut-être, mais cela ne l'empêchait pas d'aller en journée et de cultiver son champ,

Le pauvre homme mourut du choléra, laissant sa femme enceinte et une fille de dix-huit mois. La mère Bernard, qui est fort laborieuse, se mit à filer pour vivre; puis elle avait deux vaches, elle faisait du beurre et le vendait, ce qui ne l'empêchait pas d'avoir beaucoup de peine à joindre les deux bouts.

Un jour, comme elle s'était levée avant l'aurore pour porter son beurre à la ville pendant que ses enfants dormaient encore, son pied heurta en sortant de sa maison contre un paquet placé sur le seuil de la porte. La bonne femme se baissa, et, à la lueur de l'aube naissante elle aperçut une corbeille de jonc bien enveloppée de linge blanc, et dans la corbeille, devinez quoi?... Un bel enfant endormi, qui se réveilla et se mit à pleurer dès qu'on eut relevé la couverture qui le garantissait de la fraîcheur de la nuit.

La mère Bernard, toute troublée de cette découverte, rentre chez elle, allume sa lampe et se met à considérer cet enfant, qui paraissait n'avoir pas encore un mois, et qui était beau comme un ange.

— Pauvre cher enfant, dit-elle, il faut que ta mère soit bien malheureuse pour avoir le courage de t'abandonner ainsi! Elle aurait mieux fait encore de

te mettre tout de suite à l'hospice,
puisque je serai bien forcée de t'y porter moi-même, si je ne parviens point
à découvrir tes parents, ou s'ils n'ont
pas le cœur de te soigner.

Et comme l'enfant criait et paraissait
affamé, la bonne femme lui donna le
sein, car elle avait du lait, n'ayant point
encore sevré sa dernière fille. Lorsque
la pauvre petite se fut endormie, la
mère Bernard la replaça dans sa corbeille, et elle alla vendre son beurre à
la ville.

Chemin faisant, elle raconta son
aventure à toutes les commères des environs, les priant de l'aider à découvrir
les parents de ce petit ange. Toutes lui
promirent de s'y employer de bon cœur,

et, durant quinze jours, ce fut une pro-
cession continuelle chez la veuve, car
les femmes du quartier, et souvent
même leurs maris voulaient voir l'enfant abandonné, par curiosité d'abord,
et aussi pour recueillir les indices qui
pourraient les aider dans leurs re-
cherches.

On fit mille conjectures diverses, l'on
tenta même plusieurs épreuves qui n'a-
menèrent aucun résultat. Pendant ce
temps le curé avait baptisé la petite
sous le nom de Julienne, et la mère
Bernard avait continué à la nourrir de
son lait: de sorte que l'amitié était venue sans qu'elle s'en doutât; et lorsqu'il
fut bien prouvé qu'il ne lui restait plus
d'autre ressource que de porter l'enfant

à l'hôpital, jamais la mère Bernard ne put se décider à le faire.

« Je sens bien que ce serait plus raisonnable, disait-elle à ses voisines, car j'ai déjà bien de la peine à gagner ma vie et celle de mes deux fillettes; mais, bah! quand il y en a pour trois, il y en a pour quatre, dit le proverbe, et le bon Dieu me viendra en aide.»

Elle garda donc la pauvre petite créature, et, soit qu'elle redoublât d'activité en travaillant, soit que le bon Dieu la bénît en effet, tout lui a réussi pendant neuf ans; l'herbe de son pré était toujours la plus touffue de toutes celles des environs, son beurre toujours le mieux vendu, et on lui payait son fil dix centimes par livre de plus qu'à toutes les

autres fileuses du pays. Mais voilà qu'au
printemps dernier la plus belle des deux
vaches de la mère Bernard mourut subi-
tement, ce qui fut un grand chagrin dans
la maison de la pauvre femme; elle-
même tomba malade peu de temps après:
alors plus de fil, plus de beurre, car la
vache qui restait encore avait fort peu de
lait, et il était nécessaire pour nourrir la
famille. Il fallait aussi du pain, il fallait
des remèdes; on dépensa les petites économies du ménage, et ce fut bientôt fait.
Alors Julienne, qui est bien la meilleure
enfant et la plus laborieuse qu'il soit possible de voir, s'imagina de ramasser des
fraises dans les bois et d'aller les vendre
à Chauvigny. Après les fraises vinrent les
fleurs des champs, les bluets, dont elle

faisait des couronnes et des guirlandes pour parer l'église ; puis elle cueillit des noisettes ; maintenant elle ramasse les champignons : de sorte que chaque jour l'un dans l'autre Julienne gagne de vingt-cinq à trente centimes, ce qui fait vivre la famille. Malheureusement voici bientôt l'hiver : que fera-t-elle alors pour s'empêcher de mourir de faim elle et les autres ?

— Dieu ne l'abandonnera pas, dit Mme de G*** fort émue ; vous avez bien fait, Justine, de me dire tout cela, et je vous en remercie. »

Le plus grand silence avait régné dans le salon pendant que la femme de chambre racontait cette histoire. La pluie, qui continuait à tomber par torrents, la char-

mante promenade qu'elle avait interrompue si mal à propos, la mauvaise humeur
qui en était résultée, tout cela était oublié
maintenant; on ne pensait plus qu'à Julienne et à la mère Bernard.

« Maman, dit Louise, vous nous per-
mettrez bien d'aller voir cette pauvre
femme, et de lui porter quelques secours,
n'est-ce pas ?

— Nous irons toutes ensemble, mes
bonnes amies, répondit Mme de G*** ; c'est
la Providence qui nous a envoyé cette
enfant pour que nous venions en aide à
sa famille.

— Quelle bonne petite fille ! dit Marguerite, et comme elle est jolie malgré
cette vilaine robe toute déchirée qui la
couvre à peine !

— Oh! maman, il faudra lui donner un déshabillé neuf, ainsi qu'un fichu rouge et un jupon bien doublé, afin qu'elle soit plus propre et qu'elle n'ait pas froid cet hiver.

— Nous l'habillerons de la tête aux pieds, pourvu que vous confectionniez vous-mêmes tout ce qu'il faut pour cela, répondit Mme de G***.

— Travaillons-y tout de suite, dit Clotilde, ce sera le moyen de nous consoler de nos contrariétés d'aujourd'hui.

— Oh! la bonne idée! » s'écrièrent les trois autres jeunes filles.

Mon excellente amie ne fit pas attendre son consentement. Elle avait une pièce de toile de coton dans son armoire; il fut convenu qu'on commencerait par faire des chemises, non-seulement pour la petite Julienne, mais encore pour la mère Bernard et pour ses deux filles, et qu'on ferait venir de Poitiers l'étoffe nécessaire pour compléter l'habillement. La femme de chambre consultée nous indiqua approximativement la taille de chacun des membres de la famille, et nous nous mîmes à l'ouvrage avec une ardeur plus grande encore que celle qu'on avait montrée naguère pour les parties de plaisir et les promenades à âne.

Tout en tirant l'aiguille, Marguerite s'extasiait sur le bon cœur de la petite Julienne, qui, si jeune encore, trouvait dans son industrie le moyen de soulager sa mère adoptive. Mme de G*** loua la bonne action de la veuve Bernard, qui n'avait

pas craint de se charger d'une pauvre
enfant étrangère, lorsqu'elle avait déjà de
la peine à nourrir les siennes propres; et
elle ajouta que cette brave femme méri-
tait bien d'être récompensée de cet acte
charitable par le secours et les consola-
tions qu'elle recevait maintenant de la
pauvre petite.

La conversation roula ensuite tout naturellement sur la charité chrétienne, sur
les prodiges qu'elle enfante; on parla de
saint Vincent de Paul, de Mlle Legras, de
la princesse Borghèse née Talbot; je dis
l'histoire déjà bien connue de Jeanne
Jugan, cette pauvre servante qui, sans
autre ressource que sa vertu et son cœur,
a déjà fondé dix-sept asiles, où les vieillards indigents sont recueillis, entretenus

et soignés avec un zèle admirable par les saintes filles qui ont pris le nom si humble et si doux de *petites sœurs des pauvres.* Mes jeunes compagnes m'écoutèrent avec toutes les marques de l'intérêt le plus vif.

« Oh ! de grâce, encore une histoire, me dirent-elles quand j'eus fini ; c'est si agréable d'entendre raconter pendant qu'on travaille !...

— Vous allez fatiguer notre amie et abuser de sa complaisance, dit Mme de G***.

— Non, non, lui répondis-je tout bas ; elles sont si bonnes et si gentilles, dans ce moment surtout, que je me trouve trop heureuse de pouvoir leur être agréable. »

Je recueillis mes souvenirs, et j'allais commencer, lorsqu'on sonna le repas du soir.

« Déjà ! dirent à la fois Clotilde et Marguerite.

— C'est bien fâcheux, ajoutèrent les deux autres.

— Ce sera pour demain, leur dis-je, si le temps n'est pas assez beau pour nous permettre la promenade.

— Oh ! que je voudrais qu'il continuât à pleuvoir demain ! s'écria Marguerite.

— Et nous aussi, ajoutèrent ses compagnes.

— Nous aurions certainement beaucoup de plaisir à revoir nos voisines et à goûter à la ferme, dit Louise ; mais il est

encore plus agréable de travailler pour
vêtir cette bonne petite Julienne, surtout
en écoutant de jolies histoires. »

La soirée se passa gaiement dans d'in-
nocents plaisirs. Le lendemain nous pro-
fitâmes d'un pâle rayon de soleil pour
visiter la veuve Bernard.

Julienne sauta de joie en nous apercevant.

« Mère, s'écria-t-elle, ce sont les
belles dames qui m'ont donné la pièce
d'argent. »

La veuve Bernard était étendue sur son
lit, minée par une fièvre lente ; elle nous
confirma tout ce que Justine nous avait
raconté d'elle, et nous fit un éloge cha-
leureux des bonnes qualités de sa fille
adoptive.

Mon excellente amie promit à cette femme de lui envoyer son médecin et de payer les remèdes nécessaires à sa guérison; elle offrit à Julienne d'acheter ses champignons, ses fleurs et ses noisettes, toutes les fois qu'elle aurait de la peine à les vendre ailleurs, et elle lui recommanda de venir la voir tous les matins, parce qu'elle voulait lui apprendre son catéchisme et lui faire montrer à coudre et à repasser, afin qu'elle pût se rendre plus utile encore à sa bienfaitrice. Louise prit la mesure juste de la mère Bernard et de ses trois enfants, et il fut convenu entre nous qu'on ferait à chacune d'elles deux chemises, deux jupons bien chauds, une robe de cotonnade, deux tabliers, deux bonnets, deux fichus, sans compter

les chaussures que nous commandâmes le
jour même au meilleur sabotier du pays.
Les jeunes filles se cotisèrent pour suffire
à toutes ces dépenses, et elles éprouvè-
rent en même temps un redoublement
d'ardeur pour le travail, car elles avaient
hâte de voir leurs protégées vêtues de
leurs beaux habits neufs. Mme de G*** déclara cependant que si le temps était beau
l'après-midi, il faudrait en profiter pour
faire la visite convenue; de sorte que la
pluie, qui recommença vers onze heures,
fut accueillie avec autant de joie qu'elle
avait causé d'impatience la veille. Alfred
et Georges murmurèrent seuls de ce nouveau contre-temps; mais on les renvoya
à leurs mathématiques, et nous nous
mîmes gaiement à l'ouvrage.

2*

Le lendemain dimanche nous eûmes fort mauvais temps pour arriver jusqu'à la paroisse, et nous fûmes obligées de nous contenter de la messe et de dire les vêpres chez nous. Pendant cinq jours encore il plut du matin jusqu'au soir; mais au bout de ce temps notre tâche était achevée, et la pauvre famille se trouvait en état de braver les rigueurs de l'hiver.

Lorsque, par un brillant soleil, nous portâmes à nos protégées tous ces vêtements, les plus beaux, les plus confortables qu'elles eussent jamais eus, la joie de la mère Bernard et de ses filles fut bien vive et bien expansive; mais elle ne saurait cependant être comparée à cette douce satisfaction qu'on éprouve à faire du bien, et qui remplissait d'ineffables délices le cœur de mes jeunes amies. Elles l'exprimèrent si chaleureusement qu'Alfred et Georges voulurent en avoir leur part, et qu'ils donnèrent, l'un vingt francs et l'autre quinze, qu'on plaça aussitôt à la caisse d'épargne de Poitiers au nom de la mère Bernard, dans l'espoir que sa santé, qui s'améliorait sensiblement, lui permettrait bientôt d'augmenter ce petit pécule avec le produit de son travail et de celui de ses filles, et de remplacer un jour la belle vache qu'elle regrettait si fort.

Quant à moi, j'avais tenu ma promesse, et les histoires qu'on va lire sont celles que je racontai à mes jeunes amies pendant ces jours de pluie si heureusement employés. Puissent-elles faire éprouver à mes lectrices le plaisir qu'on trouva à les entendre !

———————

LA

TENDRESSE D'UNE SŒUR

ÉPISODE

DU SIÉGE DE ROME.

I

C'était à Marseille, le 22 avril de l'année 1849. Le soleil ne brillait point encore sur l'horizon, et déjà les quais du vieux pont étaient encombrés de curieux, avides du spectacle imposant qui s'offrait à leurs regards. Cinq frégates rangées en bon ordre arboraient le pavillon de partance, et la vapeur motrice de leurs puissantes machines s'élevait dans les airs en épais tourbillons. Ces bâtiments recélaient dans leurs larges flancs les soldats destinés à délivrer les Romains des anarchistes qui s'y étaient rassemblés de tous les coins de l'Europe.

La flotte allait partir, et cependant quelques militaires obtenaient encore la permission de descendre un moment, pour dire un dernier adieu à leurs femmes ou à leurs mères, pour serrer la main d'un ami. C'était alors des joies fugitives, de tendres embrassements, et souvent aussi des larmes amères.

Au milieu de cette foule empressée, grossissant de minute en minute, se tenait pensive et silencieuse une femme jeune encore, dont les regards, fixés sur l'*Albatros*, semblaient y chercher avec une tendre inquiétude un parent ou un ami. La toilette de cette femme était simple et modeste, comme tout l'ensemble de sa personne. Un mantelet d'étoffe grise, pareille à celle de la robe, cachait à demi sa taille élégante ; un chapeau de paille, sans autre ornement qu'un voile de gaze, encadrait son noble et beau visage, empreint dans ce moment d'une tristesse mêlée de résignation.

Tout à coup un éclair de joie brilla dans ses yeux bleus, elle agita son mouchoir au-dessus de sa tête, et sur le pont de l'*Albatros*, un signal semblable répondit à ce signal ; puis un jeune militaire descendit en courant à bâbord, sauta de bateau en bateau jusque sur le quai, et, écartant la foule de ses bras nerveux, il rejoignit celle qui l'avait appelé, l'embrassa tendrement, et l'entraînant vers l'église Saint-Jean, dans un endroit plus solitaire :

« Que tu es bonne, ma Clarisse, d'être venue jusqu'ici ce matin ! lui dit-il.

— Je voulais te revoir encore, pauvre cher enfant, » répondit-elle d'une voix douce et pleine d'émotion.

Il y avait quelque chose de maternel dans ces simples paroles et dans le regard attendri qui les accompagna; cependant cette femme était évidemment trop jeune pour avoir donné le jour à ce grand et beau garçon, dont les petites moustaches se dessinaient déjà en lignes noires luisantes sur des lèvres vermeilles.

« Prends courage, bonne sœur, dit-il gaiement, je reviendrai bientôt près de toi, avec de l'avancement peut-être et avec la bénédiction de notre saint-père le pape.

— Je l'espère ainsi, répondit-elle en faisant effort pour surmonter une douleur bien près d'éclater en sanglots. Remplis tes devoirs au péril même de tes jours, puisque tu as absolument voulu suivre cette noble, mais dangereuse carrière; remplis aussi tes devoirs de chrétien, pour que Dieu te conserve et te protége. »

Elle se tut après ces mots, car ses larmes la suffoquaient.

« Je n'oublierai pas plus tes conseils que ta tendresse et tes bontés pour moi, » répliqua-t-il avec une gravité qui ne lui était pas ordinaire.

Mais, pendant qu'il parlait encore, une rumeur soudaine attira son attention; plusieurs gendarmes à cheval refoulaient, jusqu'au pied de la balustrade qui entoure l'église, ces flots tumultueux d'hommes, de femmes et d'enfants.

« Voici le général en chef, s'écria le sous-lieutenant; on n'attendait plus que lui seul. Adieu, Clarisse, adieu, ma sœur chérie. »

Il la pressa sur son cœur, et s'élança vers la frégate.

La jeune femme monta l'escalier, s'appuya sur la balustrade, et demeura longtemps immobile, suivant des yeux les évolutions des navires, qui sortaient majestueusement du port au son de la musique militaire et aux acclamations bruyantes des assistants; puis, quand ils eurent disparu à ses regards, elle baissa son voile, longea le quai jusqu'à la hauteur du cours Bonaparte, et se dirigea vers la montagne de Notre-Dame-de-la-Garde. Une fois arrivée à mi-côte, Clarisse aperçut de nouveau les bateaux à vapeur voguant alors en pleine mer vers les îles d'Hyères. Elle s'assit sur un roc escarpé, et contempla longtemps, avec une profonde tristesse, ces

frégates qui s'éloignaient rapides comme
des oiseaux de proie, emportant tout ce
qu'elle avait de plus cher au monde; et ses
larmes longtemps contenues coulèrent en
abondance.

Pour comprendre les sentiments divers
qui s'agitaient dans le cœur de la pauvre
Clarisse, il faudrait pouvoir sonder la
profondeur de son amour pour ce jeune
Gustave qu'elle avait élevé avec une
tendresse et une vigilance toutes ma-
ternelles. C'était le seul parent qui lui
restât ici-bas, le seul bien qui l'attachât à
la terre. Clarisse n'avait encore que qua-
torze ans lorsque sa mère mit au monde ce
triste et dernier fruit d'une union malheureuse; car Mme Olivier avait déjà perdu
cinq enfants, elle n'était pas riche, et pour
comble de disgrâce, M. Olivier, déjà avancé
en âge, était devenu aveugle depuis peu,

et ne pouvait plus, comme autrefois, tra-vailler chez un banquier pour soutenir sa famille. Lorsque sa pauvre femme se sentit bien malade, elle ne regretta point la vie; mais elle redouta de mourir, pour ce fils à la mamelle, pour ce vieillard dont elle était l'unique appui.

« Qu'allez-vous devenir tous les deux, pauvres malheureuses créatures? » répétait-elle souvent avec amertume, en serrant sur son cœur le petit nouveau-né.

De grosses larmes coulaient alors de ses yeux éteints sur ses joues amaigries, et, même en recevant l'extrême-onction, cette plainte cruelle s'échappait de ses lèvres.

Cependant Clarisse, qui était pension-naire à Lyon depuis plusieurs années, revint en toute hâte de son couvent, le cœur rempli de tristesse et de craintes.

Mme Olivier contempla quelque temps

avec une indicible émotion cette gracieuse jeune fille, qu'on reconnaissait à peine dans la maison, tant elle était devenue grande, belle et raisonnable, et la serrant dans ses bras avec une ineffable tendresse :

« Je te recommande ton père et ton petit frère, lui dit-elle d'une voix affaiblie; prends soin de la vieillesse de l'un et de l'enfance de l'autre, je te les confie tous deux, c'est le seul legs que je te laisse.

— Je l'accepte, répondit Clarisse avec résolution; soyez tranquille, ma bonne mère, je vous remplacerai auprès d'eux.»

Puis, l'attendrissement succédant à l'enthousiasme, elle ajouta en fondant en larmes : « Mais vous ne mourrez point, vous n'abandonnerez pas ainsi vos enfants. »

Pour toute réponse Mme Olivier serra la petite main qu'elle tenait dans les siennes, car ses forces épuisées ne lui permettaient pas de parler davantage. Un sourire angélique erra à plusieurs reprises sur ses lèvres décolorées, une grande tranquillité d'âme parut succéder à son désespoir; elle avait foi dans les promesses de Clarisse.

Quelques heures plus tard, la pauvre mère expirait sans agonie dans les bras de sa fille bien-aimée.

Lorsque celle-ci n'eut plus à douter de son malheur, elle n'éclata point en sanglots; mais, puisant dans sa piété sincère et dans sa ferme résolution d'accomplir une promesse sacrée, une force d'âme au-dessus de son âge, elle contint sa douleur pour annoncer avec ménagement à son père la perte cruelle qu'il venait de faire; puis, après l'avoir consolé de son mieux et l'avoir aidé à se mettre au lit, elle prit dans ses bras le petit Gustave, le porta dans la chambre mortuaire, et se mettant à genoux près du corps inanimé, elle adopta devant Dieu cette faible créature, et renouvela le serment de lui servir de mère.

Dès le lendemain, l'enfant fut établi avec sa nourrice dans la chambre même de sa jeune sœur. Clarisse reçut son premier sourire, lui fit essayer ses premiers pas; elle le sevra lorsqu'il eut atteint sa seconde année, et le soigna seule dans toutes les souffrances de la dentition et dans les maladies de la première enfance, ne voulant partager avec personne les soins si doux et si pénibles à la fois de la maternité.

C'était un spectacle attendrissant de voir cette belle jeune fille assise auprès de son père aveugle, tenant d'une main le journal dont elle lui faisait chaque jour la lecture, et de l'autre le petit Gustave endormi sur ses genoux, ou de la rencontrer à la promenade, guidant les pas du vieillard et donnant la main à l'enfant.

Plusieurs années s'écoulèrent ainsi dans une douce paix et dans l'exercice de toutes les vertus chrétiennes. Clarisse, presque séparée du monde, n'avait d'autres plaisirs que les progrès de Gustave, dont elle surveillait l'éducation; mais elle était heureuse des joies de cet enfant, du bonheur de son père et du témoignage de sa conscience.

Cependant le moment arriva où ce frère bien-aimé, cet enfant adoptif dut quitter la maison paternelle pour l'école militaire, où il venait d'être admis. Hélas! s'il eût consulté le désir secret de sa sœur, il n'aurait pas embrassé une carrière qui l'éloignait à jamais; mais, toujours généreuse et désintéressée dans sa tendresse, Clarisse

s'était abstenue d'exprimer són opinion,
afin de laisser à Gustave l'entière liberté
de se choisir un état. Sa stricte économie
et les privations qu'elle s'imposa la mirent
à même de pourvoir à cette dépense. Mais
lorsque le jeune homme sortit de l'école
de Saint-Cyr avec l'épaulette de sous-lieutenant, son père était mort depuis peu, et
sa pauvre sœur demeurait seule et sans
appui.

Gustave Olivier demanda et obtint d'être
placé dans le 20ᵉ régiment de ligne, qui
se trouvait alors en garnison à Marseille,
et pendant dix-huit mois encore Clarisse
put jouir tout à son aise de l'enfant de son
cœur, le guider de ses conseils, l'entourer
de sa tendresse. Puis l'expédition d'Italie
fut résolue, et le 20ᵉ reçut l'ordre du départ; les frégates arrivèrent dans le port,
l'embarquement s'opéra, le signal fut

donné, et maintenant la flotte entière voguait en pleine mer!... Quelques minutes s'écoulèrent, et elle disparut à l'horizon !

Alors Mlle Olivier se leva lentement, et, continuant son ascension jusqu'à la chapelle, elle pria longtemps, prosternée devant l'autel de Notre-Dame-de-la-Garde.

II

Au bout de deux jours d'une traversée
magnifique la flotte arrivait en bon ordre
en vue de Cività-Vecchia, et après quelques
négociations heureuses, nos troupes étaient
reçues sans répugnance dans les murs de
la ville. Le surlendemain le général Oudinot, à la tête de 5,500 hommes seulement, marchait sur Rome avec toute la

sécurité d'un caractère chevaleresque et confiant.

Gustave, heureux et fier de fouler ce sol d'Italie, si fécond en souvenirs, marchait en fredonnant des airs guerriers, et si l'image de Clarisse traversait son imagination, elle ne réveillait dans son esprit que des pensées agréables; car la pauvre fille lui avait soigneusement caché sa douleur et ses larmes; aussi cheminait-il gaiement, donnant à ses soldats l'exemple de la constance à supporter sans murmure, sous un ciel de feu, les fatigues d'une longue étape.

C'était un grand et beau garçon, à l'œil hardi, à la physionomie franche et ouverte, un peu léger, un peu trop enthousiaste peut-être, mais plein d'honneur et de bravoure; vif, spirituel, jovial, il se faisait chérir de ses camarades et de ses subor-

donnés par l'amabilité de son caractère,
mélange heureux de générosité, de gaieté
et de bienveillance.

« Courage, mes amis, disait-il à ses
soldats, sous deux jours nous entrerons
dans la ville éternelle, dans la capitale du
monde chrétien. Cela vaut bien la peine de
se donner un peu de mal ! »

Puis, appelant la cantinière, il leur faisait distribuer à ses frais une petite ration
d'eau-de-vie, qui contribuait aussi effica-
cement que ses discours à entretenir leur
bonne humeur.

Ils arrivèrent fort tard à Palo, brisés de
fatigue, mais pleins d'ardeur et d'espérance. L'étape du lendemain ne leur parut
qu'une promenade, et de Castel-Guido, où
s'arrêta le petit corps d'armée, les Français
saluèrent avec transport le dôme de Saint-
Pierre, qui leur apparaissait dans les airs

comme la couronne géante de la reine des cités.

En se couchant sur la terre nue, Gustave pensait avec joie à la journée du lendemain. Que de merveilles il allait admirer! quelle impression extraordinaire la ville des souvenirs devait produire sur son imagination ardente!

« Mon capitaine, disait-il à un vieux soldat de l'Empire arrivé à son grade à force de constance et de bravoure, concevez-vous que nous ne soyons plus qu'à cinq à six lieues de cette Rome si célèbre, qui enfanta tant de héros, qui couronna tant de martyrs; de cette Rome où l'on accourait jadis de tous les coins de l'univers en pèlerinage! Oh! il nous sera bien difficile de dormir cette nuit!

— J'en ai peur, répondit le capitaine Chenardon en s'enveloppant de son manteau ; cette terre est terriblement dure pour un pauvre homme atteint comme moi de rhumatisme ; mais à votre âge, Olivier, je dormais indifféremment partout, sur l'affût d'un canon, dans la boue ou dans la neige ; et maintenant encore, si ce n'était cette maudite douleur qui s'est réveillée la nuit dernière, vous m'entendriez ronfler depuis longtemps.

— Comment ! capitaine, vous n'êtes pas ravi, transporté de vous trouver sur ces routes fameuses que les armées romaines ont parcourues dans tous les sens, où roulaient jadis les chars de triomphe, sans parler des récents exploits de nos pères, qui eux aussi ont illustré ce théâtre éternel de tant de grandeur et de tant de gloire !

— Oui, oui, la campagne d'Italie, je connais cela sur le bout du doigt, et si nous

3*

pouvions espérer d'avoir encore quelques dangers à courir, quelque victoire à remporter, vous me verriez bien vite oublier mon rhumatisme. Mais aller tout bonnement tenir garnison à Rome, y entrer par la porte grande ouverte, comme nous le ferions à Aire ou à Strasbourg, ne voilà-t-il pas un beau plaisir pour nous dédommager du mal de mer, auquel je conserve rancune !

— Qui sait, dit Gustave, si les Romains n'essaieront pas de se défendre? on dit qu'il leur est venu du secours.

— Je voudrais qu'ils l'osassent, répondit le capitaine, quand ce ne serait que pour le plaisir d'échanger quelques coups de fusil et de monter encore une fois à l'assaut, comme cela m'est arrivé lorsque je n'étais encore que simple soldat.

— Espérons, espérons, capitaine, se

hâta de dire Gustave, qui craignait d'avoir à écouter pour la trentième fois l'histoire du siége de Saragosse et des hauts faits de Jérôme Chenardon ; bonsoir et bonne nuit ; je vais tâcher de m'endormir, afin d'être frais et dispos demain matin. »

Et en disant ces mots le sous-lieutenant rabattit sur sa tête le capuchon de son caban et s'étendit tout de son long contre le mur de l'église, bien persuadé néanmoins qu'il passerait la nuit entière en rêveries artistiques, en extases de poëte. Mais peu à peu ses pensées devinrent confuses, ses paupières s'appesantirent, et le sommeil s'empara de ses sens. Il lui sembla alors qu'un vaste champ de bataille s'ouvrait à ses regards, et que, tour à tour vainqueur et vaincu, il éprouvait toute l'ivresse du triomphe, toutes les émotions poignantes de la défaite. Puis l'image de Clarisse vint se mêler à ces sanglantes images ; elle lui reprochait tristement d'avoir oublié ses avis en négligeant d'implorer le secours du Dieu des armées, qui seul dispose de la victoire.

La grosse voix du capitaine réveilla alors le jeune officier.

« Peste soit de mon rhumatisme ! disait Chenardon en murmurant entre ses dents et en se soulevant avec peine sur sa couche improvisée ; je crois, Dieu me pardonne ! qu'il va plus mal que jamais.

— Les Romains vont se charger de vous guérir, interrompit Gustave ; ne disiez-vous point hier au soir qu'il n'y avait rien de tel que quelques coups de fusil pour vous mettre en belle humeur ? j'ai rêvé cette nuit qu'on nous en tirait à cœur joie. »

Tout en parlant de la sorte, le sous-lieutenant plongeait la tête et les bras dans

le bassin de la fontaine ; sa brune chevelure se lustrait élégamment sous les coups
répétés de son peigne de poche, et il revê-
tait à la hâte son plus bel uniforme, car il
voulait être brillant comme en un jour de
noces pour faire son entrée dans la capitale
du monde chrétien. Et quand tous les militaires eurent imité son exemple et que le
tambour eut donné le signal du départ, il
se mit en route en répétant de sa voix so-
nore le refrain d'une chanson guerrière que
les soldats de la compagnie venaient d'en-
tonner tous en chœur.

Ils marchèrent ainsi pendant quelques
heures au milieu d'une campagne nue,
d'un sol dépouillé de verdure ; mais Rome
était devant eux avec ses hautes tours, ses
dômes majestueux, ses aiguilles élancées
qui se dessinaient toujours plus distincte-
ment sur l'azur transparent d'un ciel sans

nuage, et cette vue les animait d'une grande ardeur.

Tout à coup l'avant-garde s'arrête devant un pont coupé par les Romains pour empêcher le passage de nos troupes. A cet obstacle inattendu, à ces efforts impuissants, les Français sourient de pitié, et d'après les ordres du général en chef ils exécutent rapidement les travaux nécessaires pour rétablir la communication. Deux heures plus tard le petit corps d'armée traversait gaiement la rivière, et après avoir marché quelque temps encore sur la route déserte, un bataillon du 20e de ligne fut dirigé vers la porte Saint-Pancrace, tandis qu'une colonne composée d'une compagnie du génie, d'un certain nombre de tirailleurs de Vincennes et de quelques troupes de ligne dont le bataillon de Gustave faisait partie, s'avançait par des chemins resserrés et découverts en face du rempart vers la porte Cavallegieri, que les plis du terrain cachaient encore à leurs regards. Mais à peine eurent-ils fait une centaine de pas de plus que, semblable à la foudre, le bruit de l'artillerie retentit dans les airs.

« Ah! ah! dit le capitaine Jérôme, voilà un salut militaire un peu fortement accentué. »

Le cœur de Gustave battait violemment, non de peur, mais d'espérance ; la perspective d'un premier combat exalte si puissamment l'imagination d'un jeune officier, plein d'ardeur et de bravoure !

« C'est en effet un salut militaire, » dit le chef de la troupe, continuant à avancer sans inquiétude.

A peine avait-il parlé de la sorte, qu'une seconde décharge ébranla de nouveau les échos d'alentour ; un feu vif et bien

soutenu fit pleuvoir les balles et la mitraille.

« C'est maintenant trop d'honneur,
murmura Jérôme Chenardon, et nous ne
pouvons être en reste de politesse.

— En avant! en avant! s'écria-t-on de
toute part, apprenons-leur à vivre à ces
brigands de Garibaldiens. »

L'artillerie tonnait toujours, et nos soldats n'avaient presque que leurs fusils à
opposer à l'ennemi, invisible derrière les
remparts; mais la valeur française les poussait en avant, malgré l'inutilité évidente
de leurs efforts. On vit alors une lutte
acharnée, où la valeur et l'audace sup-
pléèrent longtemps au nombre et aux
moyens d'attaque. Les soldats du génie se
hasardèrent jusqu'à ébranler la porte à
coups de hache, et si les Romains eussent
été plus habiles ou plus courageux, bien

peu des nôtres eussent échappé à leur fureur, tant les forces étaient inégales.

Gustave, tout bouillant d'une ardeur juvénile, animait ses soldats du geste et de la voix; plusieurs d'entre eux furent tués auprès de lui; il s'empara d'un de leurs fusils et fit le coup de feu avec une habileté qui prouvait également son adresse et son sang-froid. Une balle traversa son képi, une autre effleura sa joue droite et laboura son épaule; mais il ne bougea point de son poste. Le sang coulait cependant à travers sa tunique déchirée.

« Lieutenant Olivier, allez vous faire panser, cria le capitaine.

— Ce n'est rien, je vous jure, répondit celui-ci.

— Allez, je vous l'ordonne, » répliqua Chenardon de sa plus grosse voix.

Un soldat s'avança près de Gustave pour

lui donner le bras ; car sa démarche était chancelante.

« Je reviendrai bientôt, » dit-il en s'éloignant à regret.

Peu s'en fallut que les balles ne l'atteignissent encore dans le court trajet qu'il eut à faire pour rebrousser chemin jusqu'aux ambulances, qui avaient été établies avec autant de courage que d'intelligence dans deux maisons de campagne situées à peu de distance. Le sous-intendant militaire Dutheil, chargé de l'administration du corps d'armée expéditionnaire, allait de l'une à l'autre pour faire exécuter ses ordres, avec le même calme et la même présence d'esprit que si les balles et la mitraille qui pleuvaient de toute part sur la route n'eussent été que grêlons inoffensifs.

« Par ici, lieutenant, » dit-il à Gus-

tave en lui montrant du doigt la porte de
la grande ambulance.

Dans une vaste salle, déjà encombrée
de blessés, les chirurgiens exerçaient leur
pénible ministère avec un zèle digne d'é-
loges. L'eau fraîche de la fontaine servait à
laver les plaies; le linge trouvé dans les
armoires, la bourre arrachée aux fauteuils
venaient en aide à la charpie des caissons.
Après le pansement les blessés étaient
placés sur les lits, sur les canapés, sur
la table même du billard, partout où l'on
pouvait trouver une couche moins dure
que la terre nue. Quand le tour de Gustave fut arrivé, que la balle eut été ex-
traite de la blessure heureusement peu
profonde, et qu'un grand verre de vin
apporté par la cantinière lui eut rendu
quelques forces, il revêtit de nouveau sa
tunique, et malgré la douleur qu'il res-

sentait il se hâta de rejoindre sa compagnie.

Les Français continuaient à se battre avec une valeur digne d'un meilleur sort. Le général Oudinot, malade depuis la veille, était cependant à cheval et donnait à tous l'exemple d'une constance intrépide; officiers et soldats faisaient des prodiges de valeur : vains efforts que ne pouvait couronner la victoire !

« Que revenez-vous encore faire ici ? » dit le capitaine à Gustave, en le voyant si pâle qu'on l'eût cru près d'expirer.

« Vaincre ou mourir avec vous! » répondit-il d'une voix énergique.

Le capitaine lui serra la main.

Un instant après, un coup de feu atteignait Olivier à la jambe droite.

« Laissez-moi, mes amis, disait-il à ses soldats qui s'empressaient autour de lui et voulaient l'emporter de nouveau à l'ambulance. Votre présence ici est plus nécessaire que jamais, et d'ailleurs ce n'est encore qu'une égratignure ; un instant de repos, et vous me reverrez à votre tête.

— Voilà un fameux dur à cuire, malgré ses mains de femme et ses cheveux frisés, dit un vieux sergent de grenadiers. En avant, camarades, et prenez exemple. »

Cependant le pauvre Gustave se sentait défaillir, le sang coulait en abondance de sa nouvelle blessure. Il tira son mouchoir et le serra fortement autour de sa jambe. Une soif ardente le dévorait, et le murmure d'une fontaine se faisait entendre non loin de là.

Oh ! si je pouvais seulement prendre un peu d'eau dans le creux de ma main, y tremper le bout de mes lèvres, se disait-il, mes forces se ranimeraient sans doute, et je rendrais encore quelques services à notre cause.

Il se leva en chancelant et se dirigea avec peine, du poste élevé qu'occupait sa compagnie, jusqu'au petit vallon verdoyant qu'on apercevait à gauche, espérant découvrir bientôt cette onde bienfaisante dont il distinguait le bruit; mais bientôt sa jambe blessée lui refusa tout secours. Il se traîna alors, en rampant sur l'herbe humide, jusqu'à ce bouquet de petits arbres qu'on apercevait de la grande route, et là, épuisé de fatigue, le front couvert d'une sueur froide, il s'arrêta forcément, leva les yeux vers le ciel comme pour l'implorer, et s'évanouit.

III

Lorsque Gustave reprit ses sens, la lune se levait derrière la colline, et sa pâle lumière éclairait d'une douce clarté le vallon et le grand chemin, naguère si remplis de bruit et de tumulte, maintenant silencieux et déserts comme un cimetière, hélas !

Il fallut quelque temps au jeune homme pour recueillir ses idées et se rendre compte de sa position actuelle. Pourquoi était-il

ainsi seul et blessé dans ce vallon solitaire?
pourquoi ses camarades l'y avaient-ils abandonné? et comment y était-il venu?

Mais bientôt les événements de la veille
lui revinrent en mémoire; il pensa que les
Français, impuissants devant les remparts,
ou peut-être même écrasés par le nombre,
étaient entièrement défaits, et une tristesse
mortelle s'empara de son cœur.

Si l'issue de la journée du 30 avril n'avait
pas été, à beaucoup près, aussi terrible que
se le figurait alors le pauvre blessé, la
réalité lui aurait cependant paru bien
triste encore s'il l'avait connue. Les soldats
du 20ᵉ de ligne envoyés à la porte Saint-
Pancrace avaient été trompés par l'astuce
italienne, surpris et désarmés traîtreuse-
ment par ceux qui les appelaient du doux
nom de frères. Quant aux troupes en-
gagées près de la porte Cavallegieri, après

un déploiement de bravoure aussi glorieux qu'inutile, elles avaient été obligées de revenir sur leurs pas en rétrogradant vers Castel-Guido; mais du moins la retraite s'était opérée en bon ordre. Les blessés pansés à l'ambulance furent pendant la nuit transportés dans des caissons du train des équipages, et le général en chef, ainsi que le sous-intendant militaire, ne quittèrent ce poste de péril et d'honneur que quand le dernier convoi de blessés fut en sûreté sur la route de Castel-Guido.

Si les soldats du lieutenant Olivier avaient pu savoir ce qu'était devenu leur jeune chef, si le bouquet d'arbres qui le protégeait contre l'ardeur du soleil ne l'eût pas aussi dérobé à tous les yeux, ils ne l'auraient certainement point abandonné de la sorte; mais dans la chaleur de l'action personne ne l'avait aperçu se dirigeant vers la source, et le capitaine Chenardon le croyait retourné à l'ambulance.

Oh ! si du moins le pauvre jeune homme avait pu retrouver assez de forces pour retourner en arrière et s'informer du sort de ses camarades ! mais en vain essaya-t-il de faire quelques pas ; sa jambe blessée lui refusa tout service, et il retomba douloureusement sur la terre humide. Alors mille pensées décourageantes s'emparèrent de son esprit : il fallait donc mourir ainsi ignoré de tous, mourir si jeune encore et si plein d'espérance, sans une main amie pour fermer ses paupières, sans un ministre du Seigneur pour recevoir ses dernières confidences et le bénir dans ce moment solennel ! Et que deviendrait la pauvre Clarisse à cette fatale nouvelle ? qui lui donnerait le courage de supporter une si grande douleur, elle qui l'aimait d'un amour si tendre? Hélas! il avait espéré lui rendre un jour une partie des bienfaits qu'il en avait reçus, être la consolation et le soutien de la vieillesse de Clarisse, comme Clarisse avait été la joie et l'appui de l'enfance de Gustave. Oh! si elle le savait ainsi malade et délaissé, elle qui pourvoyait si attentivement à tous ses besoins, qui veillait près de son lit avec tant de sollicitude et de dévouement pour l'indisposition la plus légère!

Et toutes les preuves d'attachement que sa sœur lui avait données lui revenaient à l'esprit; il se rappelait mille attentions passées jadis presque inaperçues, tant il en était constamment entouré; et des larmes de reconnaissance, d'amour et de tristesse, mouillaient ses paupières languissantes. Mais, avec le souvenir de Clarisse, ses

pieuses exhortations, ses conseils salu-
taires se présentèrent bientôt à son esprit;
alors, levant vers le ciel ses yeux humides,
il pria avec toute la ferveur de son âme
pour cette sœur bien-aimée qu'il laissait
sans appui. Puis, reportant ses pensées sur
lui-même et voyant la mort s'approcher, il
demanda au Dieu de toute miséricorde de
lui pardonner ses fautes, se résigna sans
murmure à la volonté divine, et fit reli-
gieusement le sacrifice d'une vie qui lui
était si chère encore.

Le reste de la nuit s'écoula lentement
dans des souffrances cruelles, supportées
avec le courage d'un soldat et la patience
d'un chrétien; puis, quand les premières
lueurs du jour combattaient déjà les ténè-
bres, une espèce d'engourdissement s'empara de ses sens; le froid du matin et la
faiblesse occasionnée par la perte du sang

le rendirent comme insensible à toute douleur; les idées ne se présentèrent plus que
confusément à son esprit. Il lui sembla
alors qu'un homme aux regards bienveil-
lants, à la voix compatissante, s'approchait
de lui et s'informait de son état; il faisait
pour lui répondre d'inutiles efforts, les paroles expiraient sur ses lèvres mourantes;
l'homme charitable se mit à genoux près
de lui, examina ses blessures en silence,
approcha de ses lèvres un flacon rempli
de vin, puis, l'enlevant sur ses épaules,
il marcha péniblement, presque accablé
sous ce poids précieux. Tout à coup ils
furent entourés par une troupe de gens
armés qui parlaient d'une voix menaçante; le blessé voulut tirer son sabre
du fourreau et défendre jusqu'au dernier
soupir l'homme charitable qui avait eu
pitié de lui; mais sa main défaillante

retomba languissamment, et, épuisé par ce suprême effort, il perdit encore une fois connaissance.

IV

Cependant la pauvre Clarisse soupirait
après une lettre de Gustave. Il lui avait écrit
à son arrivée à Cività-Vecchia; mais plusieurs jours s'étaient écoulés depuis lors,
les bruits les plus alarmants commençaient
à circuler dans la ville. Bientôt les journaux publièrent les tristes détails de la
journée du 30 avril, les correspondances

particulières arrivèrent en abondance ; mais Clarisse ne reçut aucune lettre. Une affliction mortelle s'empara de son cœur ; tous les jours elle attendait dans d'indicibles angoisses l'arrivée du courrier, et quand l'heure de la distribution était passée, quand le facteur lui avait dit : « Je n'ai rien encore pour vous aujourd'hui, » elle se renfermait dans sa chambre et pleurait amèrement.

Enfin un capitaine du 33ᵉ écrivit à un de ses camarades de Marseille que le jeune Olivier avait été blessé et conduit à l'ambulance pendant le combat ; une parente de ce dernier communiqua à Clarisse la fatale nouvelle. Ce fut pour elle comme un coup de poignard ; mais la force de caractère dont elle avait donné tant de preuves ne l'abandonna pas dans ce moment cruel ; au lieu de perdre le temps en gémissements inutiles, elle prit aussitôt une résolution pleine de courage pour une pauvre fille qui n'avait jamais quitté son pays, et vingt-quatre heures plus tard Clarisse, triste mais résignée et pleine de confiance dans le Dieu qu'on n'implore jamais en vain, voguait en pleine mer, accompagnée de sa vieille nourrice, qui ne la quittait jamais.

Un vent prospère seconda ses désirs; le bâtiment fendait les flots avec une rapidité merveilleuse, et au bout de trente-six heures d'une admirable traversée la petite ville de Cività-Vecchia se montrait à ses regards impatients. Mais une amère déception l'attendait à ce port désiré : le général en chef avait défendu de laisser débarquer aucune femme, et d'ailleurs les blessés du 30 avril avaient été transportés dans l'île de Corse.

Clarisse, plus triste encore, mais non

découragée, prit passage sur un petit bâtiment qui la conduisit dans le port de Bastia. A peine avait-elle mis pied à terre que, sans prendre le temps de s'installer dans un hôtel, elle courut à l'hôpital, le cœur palpitant d'une douloureuse émotion.

« Mon frère, le lieutenant Olivier, n'est-il pas parmi les blessés ramenés d'Italie ? demanda-t-elle d'une voix tremblante d'anxiété au comptable de l'hospice, qui contemplait avec étonnement cette belle jeune femme, si touchante dans sa douleur.

— Le lieutenant Olivier, répéta-t-il lentement comme pour rappeler ses souvenirs, je ne connais pas ce nom-là.

— Il est donc mort ! s'écria Clarisse d'une voix déchirante.

— Calmez-vous, Madame, dit le

comptable, ému lui-même d'une affliction si véritable.

— Oh ! de grâce, Monsieur, dites-moi la vérité tout entière, je suis assez forte pour l'entendre.

— Je ne sais rien absolument, si ce n'est qu'aucun officier de ce nom n'a été inscrit sur mes registres ; mais peut-être pourrait-on avoir quelques renseignements précis par les blessés de son régiment évacués sur Bastia.

— Conduisez-moi vers eux, je vous en conjure, Monsieur, dit Clarisse en joignant les mains.

— Veuillez accepter mon bras, » dit-il, en la voyant si tremblante qu'elle pouvait à peine se soutenir.

Ils arrivèrent bientôt près du lit d'un jeune militaire du 20ᵉ de ligne auquel on avait été obligé de couper la jambe.

« Mon ami, dit le comptable au malade, connaissez-vous le lieutenant Olivier, et pourriez-vous en donner des nouvelles à cette dame ?

— Si je connais mon lieutenant ? répondit le blessé, je le crois bien, parbleu ! un brave et bon jeune homme, qui avait grand soin de nous pendant les routes, et qui ne bourrait jamais le soldat comme tant d'autres.

— Savez-vous s'il a été blessé ? demanda Clarisse en frémissant.

— Oh ! mon Dieu, oui ; grièvement encore, quoiqu'il nous ait dit que ce n'était qu'une égratignure ; mais il ne pouvait plus se soutenir, et le sang coulait bien fort.

—Et qu'est-il devenu ensuite ? dit la pauvre fille, si pâle qu'on eût cru qu'elle allait expirer.

— Je n'en sais rien, répondit le soldat, car un instant après l'on me portait moi-même à l'ambulance, et je ne l'ai plus revu depuis.

—Madame, se hâta de dire le comptable, il est probable que la blessure de monsieur votre frère n'a point été assez dangereuse pour exiger un long traitement; de sorte qu'on le soigne sans doute à l'hôpital de Cività-Vecchia, si même il n'est déjà entièrement rétabli.

— Dieu le veuille, Monsieur! répondit Clarisse; mais je n'ose pas l'espérer. »

Lorsque Mlle Olivier se trouva seule dans une chambre de l'hôtel, elle se mit à genoux, et voulut dire comme Job: « Mon Dieu, vous me l'aviez donné, vous me l'avez ôté, que votre saint nom soit béni!» Mais ces paroles expirèrent sur ses lèvres, et elle ne put que s'écrier en versant des torrents de larmes : « Seigneur, Seigneur, ayez pitié de moi ! »

Cependant la prière et la réflexion lui rendirent bientôt un peu de calme et de courage. Elle pensa alors avec juste raison que tout espoir n'était pas perdu, et elle voulut essayer une seconde fois de débarquer à Cività-Vecchia. Peut-être ses tendres soins pourraient-ils hâter la guérison de Gustave, et lors même qu'elle ne le trouverait plus en vie, elle voulait au moins avoir la triste consolation de pleurer sur sa tombe.

Mlle Olivier se rembarqua donc encore, et arriva de nouveau dans la rade de Cività. Les ordres du général étaient alors moins exclusifs, et Clarisse put obtenir la permission de descendre à terre.

Comme à Bastia, son premier soin fut de courir à l'hôpital, et d'y chercher de

salle en salle, de lit en lit, le cher objet de
tant d'amour. Cette fois encore toutes ses
démarches furent inutiles. Alors Clarisse
se rendit chez le commandant de la place,
le suppliant de lui dire la vérité.

Elle apprit de lui que le jeune Olivier,
blessé deux fois à l'affaire du 30 avril, était
disparu sans qu'on pût avoir de ses nouvelles; et, ne doutant plus de son malheur,
elle rentra à son hôtel en proie à une fièvre
ardente.

V

Cependant les Français, loin de renoncer à leur glorieuse entreprise, soupiraient après le moment de combattre de nouveau.

Plusieurs semaines s'étaient écoulées en négociations infructueuses; mais pendant ce temps ils avaient reçu des renforts considérables et une bonne partie du matériel nécessaire pour faire le siége d'une

grande ville. Déjà ils avaient sommé les
Romains de se rendre, et sur leur refus
obstiné l'artillerie commença à battre en
brèche les remparts. Dans la nuit du 21
au 22 juin, nous nous emparâmes de deux
bastions de Rome et de la courtine qui les
joint près du Janicule. Puis, le 30 du
même mois, une attaque plus décisive livrait entre nos mains un troisième bastion,
six canons, et un grand nombre de pri-
sonniers.

Il y eut alors dans l'intérieur de la ville
un tumulte si extraordinaire, une agitation
telle, qu'il est difficile d'en donner quelque
idée. Les femmes, les enfants, les vieillards
erraient çà et là, demandant des nouvelles
de leurs époux, de leurs pères ou de leurs
fils; d'autres couraient à l'hospice du Saint-
Esprit ou à Monte-Cavallo, où la princesse Belgiojoso avait établi une ambulance

dans le palais pontifical, cherchant partout leurs parents et leurs amis; les plus poltrons se cachaient jusque dans les caves, pour être en sûreté contre les boulets; la garde civique parcourait les rues d'un air d'épouvante; et tandis que la partie de la population qui nous regardait comme des libérateurs n'osait manifester ses désirs secrets, se contentant d'adresser des vœux au Ciel pour le prompt succès de nos armes, Garibaldi déclarait franchement aux triumvirs qu'il était impossible de prolonger la résistance.

Pendant ce temps de trouble et de terreur générale, une scène plus douloureuse encore se passait entre les quatre murs d'une modeste chambre de la rue du Corso. La jeune femme qui l'occupait paraissait indifférente à tout mouvement extérieur, tant les facultés de son esprit et de son cœur étaient fortement concentrées sur un pauvre malade étendu dans un petit lit de fer, et luttant péniblement contre l'agonie. Cet homme était jeune et beau, malgré les ravages d'une maladie longue et dangereuse. Une abondante sueur coulait alors de son front brûlant; des cris étranges, des paroles incohérentes s'échappaient de ses lèvres, et il était aisé de voir à ses yeux hagards qu'il ne reconnaissait même point la sœur tendre et dévouée dont les soins et les prières le disputaient à la mort.

« Mon Dieu ! disait Clarisse pendant qu'elle essuyait avec son mouchoir le visage empourpré du jeune homme, la fièvre redouble, et le docteur n'arrive pas ! »

Elle tira vivement et à plusieurs reprises le cordon de sa sonnette; mais personne ne répondit à cet appel; car la nourrice courait après le médecin.

« Seigneur, Seigneur, ayez pitié de moi! »
répétait-elle intérieurement, tout en cherchant à contenir le malade, qui s'agitait
violemment sur sa couche.

En ce moment un bruit de pas se fit
entendre dans l'escalier; plusieurs petits
coups successifs ébranlèrent la porte.

« Entrez, entrez, dit la jeune femme, »
espérant que c'était enfin le docteur.

Un homme vêtu de noir pénétra alors
dans la chambre.

« Vous ici, Monseigneur! s'écria Clarisse, c'est donc le Ciel qui vous envoie?
Hélas! ajouta-t-elle en fondant en larmes,
sans doute votre saint ministère est le seul
qui soit encore utile à mon pauvre Gustave.»

L'homme qu'elle avait appelé Monseigneur s'approcha du malade, lui tâta le
pouls avec attention, et d'un accent rempli de bienveillance :

« Confiez-vous en Dieu, Mademoiselle, dit-il ; j'espère qu'il vous conservera votre frère. »

Le malade paraissait plus calme en effet, sa tête languissante reposait alors paisiblement sur l'oreiller ; il était assoupi.

« Que Dieu vous écoute, Monseigneur ! dit Clarisse ; mais mon pauvre frère a passé une nuit affreuse, et maintenant que l'accès diminue, ne dirait-on pas qu'il va mourir, tant il paraît faible et fatigué ?

— Il l'était bien davantage encore le jour où je le ramassai évanoui sous les murs de Rome ; et, lorsque les troupes de Garibaldi nous entourèrent, je craignis un instant de ne leur disputer qu'un cadavre.

— Oh ! ce jour-là, sa conservation fut un miracle du Ciel, opéré en faveur de votre héroïque charité.

— Je ne faisais que remplir un devoir,

répondit humblement le bon prélat; mais le Dieu de miséricorde, qui se servait de moi pour arracher ce pauvre jeune homme à une mort certaine, ne peut-il point encore lui rendre la santé? N'est-ce pas lui qui vous donna le courage de venir chercher votre frère jusque dans les murs d'une ville assiégée? N'est-ce pas lui encore qui, me plaçant sur votre chemin, vous inspira de vous adresser précisément à moi pour obtenir des renseignements sur son compte? Espérez donc, mon enfant, et essuyez vos larmes; je vous apporte d'heureuses nouvelles; quelques heures encore, et vous serez entourée de compatriotes et d'amis. La ville vient de se rendre; les Français sont maîtres de Rome.

— Maîtres de Rome! est-ce bien sûr? dit une voix faible, mais distincte, qui fit tressaillir Mlle Olivier.

— Très-sûr, mon ami, répondit le prélat avec bonté en se penchant sur le lit du
malade.

— Et moi, où suis-je ? reprit celui-ci,
regardant autour de lui d'un air étonné.....
Ah ! je me rappelle à présent... hier, pendant l'attaque, j'ai été blessé d'un coup de
feu ; mais je me sens bien maintenant, je
veux rejoindre mes camarades, entrer à
Rome avec eux.

— Mon Dieu ! il déraisonne encore,
dit la pauvre Clarisse en tombant à genoux
près du lit.

— Ma sœur ! ma bonne sœur ! s'écria le
malade, se soulevant sur sa couche et lui
tendant les bras avec tendresse... Et ce
n'est pas un rêve comme celui de la nuit
dernière, où il me semblait te voir et t'entendre... Mais où suis-je donc enfin ? par
quel hasard béni te trouves-tu près de

moi? J'avais craint un instant de mourir sans te revoir! Te voilà, et je me sens revivre; je n'ai plus rien à craindre ni à désirer! »

Clarisse le serrait sur son cœur sans pouvoir prononcer une seule parole; la joie ineffable qui inondait son âme la dédommageait au centuple de tout ce qu'elle avait souffert depuis deux mois.

Les premiers transports une fois calmés, elle expliqua au malade sa situation présente.

Après le combat du 30 avril, Mgr L***, parcourant le champ de bataille à la recherche des blessés, l'avait trouvé gisant sur la terre nue. Il pansa ses blessures, et, le chargeant sur ses épaules, le porta à Rome sous les yeux mêmes des Garibaldiens qu'il rencontra à la porte Caval-

legieri (1). Déposé à l'hôpital, le blessé fut
saisi d'un transport au cerveau, qui enle-
vait toute probabilité de guérison; son état
était tel, qu'il n'avait point reconnu sa sœur
bien-aimée, lorsque Clarisse, arrivée près
de lui au milieu de périls de toute sorte,
l'avait fait transporter dans son logement,
passant les jours et les nuits au chevet de
son lit.

A peine Mlle Olivier avait-elle fini de
donner ces détails à Gustave, que le docteur entra dans la chambre. Il ne tarda pas
à reconnaître qu'une crise salutaire s'était
opérée chez le malade, et il crut pouvoir

---

(1) On raconte que pendant le siége de Rome ce
prélat allait souvent ainsi à la recherche des blessés,
pour leur prodiguer tous les secours spirituels et tem-
porels qui étaient en son pouvoir. Un jour qu'il portait un Français sur ses épaules, il fut rencontré par
Garibaldi lui-même, qui, touché de cette charité
héroïque, se découvrit devant l'évêque, et, lui témoi-
gnant son admiration, ordonna à ses soldats d'ouvrir
leurs rangs pour lui faire place.

répondre de sa guérison. Bientôt les officiers du 20ᵉ de ligne accoururent auprès de leur camarade, surpris et enchantés de le retrouver plein de vie. Tous rendaient pleine justice à sa belle conduite, et le colonel le proposa sur-le-champ pour la croix de la Légion d'honneur.

Le jour où cette croix si désirée arriva enfin, Clarisse l'attacha elle-même sur la poitrine palpitante de joie du jeune militaire, et l'embrassant avec un orgueil tout maternel :

« La croix est à la fois le symbole de l'honneur et le signe du chrétien, lui dit-elle; puisses-tu toujours t'en montrer digne !

— Tu peux y compter, ma sœur chérie, répondit Olivier vivement ému, comme sur ma vive reconnaissance pour la tendresse et le dévouement dont tu viens de me donner une nouvelle preuve. Je n'oublierai jamais non plus que sans le courage et la charité de ce prélat vénérable je n'aurais jamais joui de cette glorieuse récompense, et que je serais mort inconnu dans un hôpital étranger. »

Ils allèrent ensemble rendre visite à Mgr L***, qui les reçut avec sa bienveillance habituelle et leur souhaita toutes sortes de félicités. Puis Clarisse retourna à Marseille reprendre sa vie modeste et paisible, bénissant le Seigneur de l'heureux succès de son voyage.

LAURE ET LAURETTE.

I

LA NÉGRESSE.

« Que vous êtes bonne de m'avoir prévenue, Madame !

— Nous désirions trop nous revoir, Aloïse et moi, pour retarder ce plaisir d'un seul jour !

— Quoi ! c'est là mademoiselle votre

nièce que j'ai vue tout enfant! dit Mme Duméril en déposant un baiser sur le front
de la belle jeune fille... Oui, je recon-
nais ses grands yeux noirs et son charmant profil grec. Hélas! ajouta-t-elle sans
pouvoir retenir une larme qui brillait au
bord de sa paupière, mon Eulalie était à
peu près du même âge!

— On assure que notre chère Laure se
porte à ravir, se hâta de dire Mme Vidal.

— Oui, l'air de la Suisse, ou, pour
mieux dire, la bonté divine a opéré ce
miracle. Dieu a eu pitié de moi, il n'a pas
voulu m'arracher le dernier lien qui m'attache à la vie.

— Laure doit être charmante maintenant que les couleurs de la santé embel-
lissent son doux visage.

— C'est une excellente enfant; vous
allez la voir, Madame; elle sera bien

reconnaissante de votre bon souvenir. »

Mme Duméril tira le cordon de la sonnette, et dit à sa femme de chambre d'aller chercher sa fille dans le jardin.

« Les médecins lui ont ordonné le grand air et l'exercice, dit-elle ensuite, et Laure passe sa vie dans les champs. Ce régime, qui est fort de son goût, nuit un peu à son instruction ; mais nous rattraperons le temps perdu, et d'ailleurs sa santé devait passer avant tout : j'ai été si malheureuse, chère Madame ! perdre deux filles chéries à l'âge de quinze ans, et voir la troisième languir et dépérir peu à peu en approchant de ce terme fatal !... Oh ! j'ai cru que j'en deviendrais folle.

— Pauvre mère ! » dit la bonne Mme Vidal avec émotion, pendant qu'Aloïse examinait d'un air ennuyé le simple mobilier du salon de campagne, sans paraître prendre

5*

aucune part à une douleur si vivement sentie.

« Et ce fut alors que vous partîtes pour la Suisse?

— Oui, le médecin me conseilla ce voyage. Nous allâmes d'abord à Genève; mais la maladie s'aggravait de plus en plus, la mort attendait sa proie; il me semblait qu'elle apparaissait menaçante, inexorable, au chevet de ce lit de souffrance sur lequel j'avais vu expirer mes deux aînées : c'était une horrible vision; elle revint souvent dans ces longues nuits passées sans sommeil. Enfin Dieu eut pitié de moi : un diplomate français que je connus par hasard me dit qu'il s'était guéri dans sa jeunesse d'une maladie de poitrine en se résignant à vivre de laitage et à coucher dans une étable. Ce remède n'était pas nouveau, et c'était cependant le

seul que nous n'eussions point essayé.
J'emmenai ma fille à la campagne, je
m'installai avec elle au milieu des bœufs
et des vaches d'une bergerie, et j'y vécus
quelque temps dans des angoisses impossibles à décrire, car c'était mon dernier
espoir. Le mieux ne fut pas sensible
d'abord, mais les progrès du mal parais-
saient moins rapides; puis vinrent des
alternatives de bien-être momentané et de
rechutes désolantes.

— Oh! je conçois tout ce que vous avez
souffert, interrompit Mme Vidal en serrant
la main de son amie; mais c'est de vous
maintenant qu'il faut vous occuper; car,
permettez-moi de vous le dire avec fran-
chise, je vous trouve très-changée depuis
votre départ.

— Qu'importe, s'écria la mère, pourvu
que mon enfant se porte bien !

— En vérité, je ne me trompe pas, dit Aloïse, qui regardait par la fenêtre, voici M. Moncastel.

— Cher Arthur! s'écria Mme Duméril en tendant affectueusement la main au nouveau venu, je suis bien charmée de vous voir.

— Ce matin, en débarquant, j'ai appris votre retour en France, et j'accours, » dit le jeune homme en saluant aussi Mme Vidal et sa nièce.

— Vous voilà lieutenant de vaisseau; cela est superbe à votre âge, » reprit Mme Duméril en regardant avec une joie presque maternelle les brillantes épaulettes du marin.

« Les circonstances qui ont valu à Monsieur un avancement si rapide sont bien glorieuses aussi, ajouta Mme Vidal.

— Oui, sa belle conduite à Mogador;

les journaux m'en ont apporté la nouvelle ;
ce fut une des rares joies de mon long
exil. »

Et, comme Arthur allait répondre à
ces paroles bienveillantes, la porte s'ouvrit avec fracas, et une jeune fille de
quinze à seize ans courut embrasser
Mme Vidal.

« C'est sans doute Mlle Laure, » demanda le jeune homme.

— Oui, mon ami : vous ne l'auriez pas
reconnue, n'est-ce pas ? Elle a bien grandi,
et elle se porte à merveille. »

Et Mme Duméril jeta un regard de satisfaction sur le visage de sa fille, dont elle
contemplait toujours avec un nouveau
bonheur les couleurs vermeilles. Mais un
léger mécontentement se mêla cette fois
à la joie de la tendre mère. Si la santé de
Laure paraissait en effet très-satisfaisante,

il n'en était pas ainsi de l'ensemble de sa
toilette; ses blonds cheveux en désordre
s'échappaient en nattes ébouriffées de
son large chapeau de paille; sa pèlerine
blanche, posée de travers sur ses épaules,
dissimulait l'élégance de sa taille; ses
brodequins gris étaient couverts de boue,
et sa robe de gros de Naples souillée de
taches. Tout cela contrastait d'une manière étrange avec l'élégante parure de la
belle Aloïse.

« Bon Dieu! comme te voilà faite! dit
Mme Duméril presque confuse: va te débarrasser de ton chapeau, tu nous reviendras
ensuite. »

Elle espérait ainsi fournir à la jeune fille
l'occasion de réparer le désordre de sa toilette; mais la pétulante Laure ne comprit
pas cette innocente ruse, et jetant son chapeau sur une chaise, elle s'assit auprès de

Mme Vidal, lui prodiguant de naïfs témoignages d'amitié.

« Laure est encore bien enfant, dit alors la mère pour l'excuser; elle est si heureuse de se retrouver ici, qu'elle court du matin au soir, arrosant les fleurs, s'accrochant aux buissons, comme pour renouveler connaissance avec chaque arbre de l'enclos.

— Comment peut-on se plaire à la campagne?» dit Aloïse en s'adressant à Arthur.

— Mais quand on s'y trouve en aussi bonne compagnie, répondit le jeune homme, je ne connais pas de séjour plus agréable.

— Vous viendrez donc nous y voir souvent, dit Mme Duméril; car vous ne doutez pas, j'espère, de ma vieille et constante affection.

— J'en doute si peu, Madame, que je viens vous demander un service.

« — Je serai heureuse de pouvoir vous être utile : de quoi s'agit-il, mon cher enfant?

— De donner une hospitalité de quelques jours à une petite créature que je vais vous présenter.

— Est-ce encore un singe de l'espèce de celui que vous avez apporté l'année dernière? demanda Aloïse.

— Bien mieux que cela, Mademoiselle.

— C'est peut-être un perroquet? » dit Laure.

— Ou un ouistiti, » ajouta Mme Vidal.

— Vous n'y êtes pas, Mesdames.

— Arthur, dit Mme Duméril, quel que soit l'hôte que vous nous amenez, soyez sûr qu'il sera bien reçu chez moi.

— Mais si c'était un lion ou un tigre? objecta Aloïse : précisément, Monsieur revient d'Afrique.

— Eh bien, nous enfermerions l'animal

dans la remise, et nous lui donnerions à manger à travers une grille solide, répliqua Laure en riant.

— Enfin votre curiosité va être satisfaite, dit le jeune homme en sortant du salon, où il rentra un instant après, tenant par la main une petite négresse de cinq à six ans qui s'avançait d'un air craintif.

— Bon Dieu ! qu'elle est laide ! s'écria Aloïse : que voulez-vous donc faire de ce petit monstre ?

— Comme elle paraît timide !» dit Laure en prenant l'enfant sur ses genoux et l'embrassant avec bonté. Va, ne crains rien, pauvre petite, j'aurai bien soin de toi. »

Arthur, qui jusque-là ne s'était occupé que d'Aloïse, attacha sur sa compagne un regard reconnaissant.

« Et nous conterez-vous, mon ami, par quel événement cette petite négresse se trouve entre vos mains? dit Mme Duméril.

— C'est trop juste, Madame. Voici donc cette histoire. Mon bâtiment revenait d'Algérie; la mer était mauvaise, et la plupart des passagers gisaient sans force dans leurs cabines, lorsque tout à coup le mousse croit entendre des gémissements sortir des ballots de marchandises entassés dans l'entrepont. Les matelots se moquent de lui; mais l'enfant furète partout, et découvre enfin cette pauvre créature couchée à terre entre deux barriques, à demi morte de peur et de faim. Nous avions à bord six passagers arabes qui allaient s'embarquer à Marseille pour faire le pèlerinage de la Mecque; on dit que l'un d'eux semblait en arrivant cacher un paquet sous son bournous, et que sans doute il avait volé cette enfant dans l'espoir de la vendre en Arabie ; mais, soit par honte, soit par crainte, aucun de nos Bédouins ne voulut reconnaître la petite fille ; et comme elle parle un langage qui nous est inconnu, il nous fut impossible de savoir la vérité. Je l'ai prise sous ma protection, et j'espère pouvoir la placer bientôt dans un établissement charitable.

— Pauvre petite ! dit Laure, combien je suis contente que vous nous l'ayez amenée ! Voyez comme elle a l'air plus à son aise, maintenant que nous avons fait connaissance.

— Vous paraissez si bonne, Mademoiselle, dit Arthur en s'asseyant près de la jeune fille, qu'il serait difficile qu'elle ne vous aimât point. »

Aloïse voulut alors s'approcher à son tour, et prendre l'enfant sur ses genoux ; mais la négresse cacha son visage dans le sein de sa nouvelle amie, et entoura la taille de Laure de ses bras enfantins.

« Vous allez, je pense, en faire une chrétienne, dit Mme Vidal.

— Monsieur sera sans doute son parrain? ajouta Aloïse.

— Oui, dit Arthur, et si Mme Duméril veut bien le permettre, je prierai Mlle Laure de lui servir de marraine.

— Quel bonheur! s'écria la jeune fille en frappant joyeusement ses petites mains l'une contre l'autre. Ma chère maman, vous consentez, n'est-ce pas?

— De tout mon cœur, mon enfant.

— Alors à quand le baptême? demanda Mme Vidal, tandis qu'Aloïse s'efforçait en vain de cacher son dépit sous un air calme et dédaigneux.

— Je suis aux ordres de ces dames, répondit M. Moncastel en s'inclinant; je demande seulement à être prévenu deux ou trois jours à l'avance.

— Ce sera donc pour mardi pro-chain, dit Mme Duméril; car il faut se hâter d'assurer le salut de cette pauvre créature. »

Les trois visiteurs se retirèrent peu de temps après, en acceptant une invitation à dîner pour le jour du baptême.

« Mme Duméril est toujours bonne et aimable, disait Mme Vidal en regagnant à pied sa maison de campagne, et je trouve Laure fort affectueuse.

— Elle paraît bien peu raisonnable pour son âge, répondit Aloïse; et puis quel désordre dans toute sa personne! on serait tenté de croire qu'elle ne s'é-tait pas coiffée depuis quinze jours, ou qu'une demi-douzaine de chats avaient joué dans sa chevelure. »

Mme Vidal jeta sur sa nièce un regard de reproche, Arthur garda le silence, et, prenant bientôt congé de ces dames, il regagna sa voiture.

————

II

LE BAPTÊME.

« Voyez, maman, comme cette petite négresse est gentille, disait Laure, comme elle me sourit quand je la regarde! Mon Dieu ! que ses dents sont blanches et jolies, et que ses yeux paraissent vifs!... Pauvre enfant, qui ne verra plus sa mère! Elle est bien à plaindre, maman, » ajouta la jeune fille en se jetant tout émue dans les bras de Mme Duméril.

Celle-ci avait eu l'intention de renouveler des reproches trop souvent mérités par la jeune étourdie pour le désordre de sa toilette; mais en la voyant si occupée de la pauvre étrangère, si heureuse des caresses que l'enfant commençait à lui rendre, la bonne mère n'eut pas le courage de troubler une joie si pure, et, avec la bonté et l'abnégation qui lui étaient habituelles, Mme Duméril s'occupa activement des préparatifs du baptême, tandis que Laure jouait dans le jardin avec sa petite protégée.

Il en était du reste toujours ainsi dans les relations de la vie commune entre la mère et la fille; la première prenant pour elle tous les soucis de l'existence, ne laissant à l'autre que les plaisirs. La santé de

Laure avait d'abord nécessité cet état de choses, que la tendresse de Mme Duméril prolongeait indéfiniment, sans que la jeune étourdie eût même pris la peine d'y réfléchir. Elle était naturellement bonne et sensible cependant, et elle chérissait sa mère de toute la force de son âme naïve et tendre; mais l'habitude était si bien prise, que, comme beaucoup de jeunes filles, Laure recevait chaque jour les soins maternels sans songer que les rôles auraient dû changer déjà, et que le temps était venu où elle devait épargner à Mme Duméril des peines et des inquiétudes que l'ingrate enfant ne devinait même point.

« Mon Dieu! maman, la jolie robe blanche, et que Laurette est gentille ainsi! » disait-elle le jour du baptême.

Laurette était le nom qu'après mille

réflexions diverses on était convenu de donner à la petite négresse.

Mme Duméril sourit doucement, et se mit en devoir de parer Laure à son tour.

Les blonds cheveux de la jeune fille couronnèrent sa tête, une robe de barége d'un bleu tendre serra sa taille flexible; et une écharpe de même couleur couvrit ses épaules; elle était charmante ainsi de fraîcheur et de grâce, et, quand M. Moncastel arriva, il eut de la peine à reconnaître sous ce simple et joli costume la jeune personne qu'il avait vue si mal accoutrée quelques jours auparavant.

Ils montèrent en voiture, et se rendirent à l'église du petit village de Sainte-Anne, où ils étaient attendus.

« Mon enfant, dit le vénérable pasteur à la jeune marraine, connaissez-vous l'im-

portance des obligations que vous allez contracter ?

— Ma mère a eu la bonté de m'en instruire, répondit-elle modestement.

— La pauvre créature que vous allez
tenir sur les fonts baptismaux étant privée
de ses protecteurs naturels, les devoirs
que vous aurez à remplir à son égard sont
plus graves et plus stricts encore qu'en
toute autre circonstance.

— Avec l'aide de Dieu et de ma bonne
mère, j'espère m'en acquitter dignement,
dit Laure.

— Entrez donc, et que le Ciel vous
bénisse pour la bonne action que vous allez
faire, » reprit le vieillard en ouvrant lui-
même la porte de son église.

Bientôt l'onde sainte du baptême coula
sur le front de la petite négresse, que
Laure, toute pénétrée de l'importance

de son rôle, tenait tendrement entre ses bras.

« Laissez-moi vous remercier, Mademoiselle, dit Arthur en sortant de la chapelle ; grâce à votre exemple, je comprends aussi les obligations que je viens de contracter conjointement avec vous, et cette communauté de devoirs me paraît bien douce. »

Il lui offrit ensuite, avec la bonne grâce qui lui était naturelle, les gants et les bonbons qu'il avait apportés suivant l'usage. La belle Aloïse, aussi parée ce jour-là qu'une fille de son âge pouvait se le permettre, accepta plusieurs boîtes de dragées ; mais ce fut la seule politesse du jeune officier à son égard. En vain déploya-t-elle, pour attirer l'attention de M. Moncastel, toutes les ressources de son esprit caustique ; les soins et les pré-

venances du marin furent tout entiers
pour sa jeune commère, qui y répondait
avec la naïve candeur de son âge, tandis
que Mme Duméril, possédant au plus haut
degré cet esprit d'observation naturel aux
mères, jouissait en secret du succès de sa
fille.

« Mon Dieu ! que cette journée s'est
écoulée rapidement ! dit M. Moncastel lorsque la première étoile eut marqué l'heure
de la retraite : que ne m'est-il donné d'en
goûter souvent de pareilles !

— Vous savez, mon cher Arthur, combien j'aurai de plaisir à vous revoir, répondit Mme Duméril; votre père était l'ami
intime de ma famille, son fils sera toujours le bienvenu chez moi. »

Aloïse s'approcha à son tour, et le jeune
homme prit congé.

III

L'INCENDIE.

Quand tous les convives furent partis, que la jeune marraine eut déshabillé sa filleule, et qu'elle-même, après avoir embrassé sa bonne mère, se fut endormie doucement, Mme Duméril s'assit près du lit de sa fille, et, les yeux humides de larmes de tendresse, elle repassa dans son esprit les moindres circonstances de cette heureuse journée.

Que Laure a été touchante pendant l'auguste cérémonie! se disait-elle. Comme son âme aimante semblait s'élever vers le ciel sur l'aile de la prière! Comme sa piété est fervente et solide, et son cœur naïf et pur!

Veuve depuis longues années, Mme Duméril avait bien souffert dans ce monde. Le chagrin et les longues veilles au chevet de ses filles malades avaient consumé ses forces; mais la vue de cette enfant chérie que Dieu lui avait seule conservée la dédommageait presque en un moment de tout ce qu'elle avait perdu.

Ah! puisse-t-elle croître encore en bonté et en sagesse! se disait-elle; puisse-t-elle être heureuse comme elle le mérite,

et je n'aurai plus rien à vous demander,
Seigneur !

La tendre mère se livrait à ces douces
pensées, lorsqu'un bruit, extraordinaire à
cette heure avancée de la nuit, vint soudain frapper ses oreilles : c'étaient des cris
confus d'hommes et de femmes; puis une
lueur rougeâtre éclaira l'horizon. Mme Duméril ouvrit une fenêtre, et vit des gerbes
de flammes s'échapper par intervalles iné-
gaux du toit de la maison de son fermier.

Il n'y a plus de doute, se dit-elle, le
feu a pris chez les Cayol.

Et, n'écoutant que la générosité de son
cœur, elle s'élança à demi vêtue hors de la
chambre, appela son jardinier et courut
elle-même offrir ses services à ses pauvres
voisins.

A défaut de force physique, Mme Duméril employa du moins toute son intelli-

gence à diriger les travaux des paysans qui
cherchaient à se rendre maîtres de l'incen-
die, et elle fut assez heureuse pour donner
d'utiles conseils; puis elle consola de son
mieux les victimes du désastre, qui en
furent quittes pour un dommage peu considérable; elle laissa sa bourse entre les
mains de la fermière, et elle rentra chez
elle le cœur joyeux de cette bonne action,
mais tremblante du frisson de la fièvre,
car le froid humide de la nuit l'avait sai-
sie, et la pauvre femme sentait de vives
douleurs dans toutes les parties de son
corps.

Lorsque Laure se réveilla, elle fut ef-
frayée de l'état de sa mère, et envoya chercher un médecin. Celui-ci déclara aussitôt
la maladie très-dangereuse. Alors la jeune
fille fondit en larmes, et fit retentir la maison de ses cris. Le docteur, qui était un

6*

homme de sens, fit observer à Mlle Duméril que ce bruyant désespoir, loin de
soulager la malade, pouvait au contraire
lui devenir fort nuisible, et que celle-ci
avait surtout besoin d'un grand repos et de
soins assidus.

« Oh! Monsieur, je vous en conjure,
dit la jeune fille en s'efforçant de retenir
ses sanglots, indiquez-moi tout ce que je
dois faire, et je m'y conformerai exactement.

— Armez-vous donc de courage, Mademoiselle; je vais d'abord saigner la malade. »

En voyant couler le sang de sa mère, la
pauvre Laure fut sur le point de s'éva-
nouir; mais, puisant dans sa tendresse
même une force de volonté qui lui était
inconnue, elle se roidit contre la douleur
et put tenir la cuvette jusqu'au bout; puis

elle écouta attentivement toutes les recommandations du médecin, qui partit en donnant de faibles espérances et en promettant de revenir bientôt.

Mlle Duméril passa la journée et la nuit entière au chevet de ce lit de souffrance; et ce fut une terrible épreuve pour cette joyeuse enfant, à qui on avait épargné jusque alors toutes les peines de la vie, que ces longues heures de veille et d'angoisses, où la crainte et l'espoir la visitaient tour à tour. Souvent des larmes brûlantes inondaient son visage; mais elle les essuyait furtivement, de peur de chagriner sa bonne mère. En vain Mme Duméril, toujours préoccupée de la santé de sa fille, l'engagea-t-elle plusieurs fois à se coucher; Laure ne voulut pas y consentir. Enfin, quand les premières clartés de l'aurore parurent à l'horizon, une crise salutaire s'opéra chez la malade, un sommeil paisible s'empara de ses sens, et, lorsque le docteur revint, il crut pouvoir répondre d'une prompte guérison.

Si le chagrin avait d'abord accablé la pauvre enfant, la joie faillit lui devenir funeste; elle eut autant de peine à en modérer les transports qu'elle en avait éprouvé naguère à contenir ceux de la douleur, tant ses sensations étaient vives et mobiles.

Huit jours s'écoulèrent encore pendant lesquels les soins les plus assidus, les attentions les plus délicates furent prodigués à la convalescente; la tendresse filiale avait fait tout à coup d'une jeune fille étourdie et inexpérimentée une garde-malade incomparable.

Deux choses manquaient cependant aux soins de Laure : c'était l'ordre et la propreté, indispensables à une femme dans toutes les circonstances de la vie. Ignorante des habitudes du ménage, la jeune fille bouleversait sans attention les tiroirs et les armoires pour trouver plus vite les objets dont elle avait besoin, ne se donnant pas la peine de les remettre à leur place. La femme de chambre, naturellement paresseuse, imitait sa jeune maîtresse, et, cessant d'être surveillée et dirigée, elle négligea bientôt les soins de son service journalier. M{ine} Duméril ne s'en aperçut même pas; pourvu que les prescriptions du docteur fussent suivies exactement, que les tisanes fussent chaudes à point, que la santé de sa mère allât en s'améliorant, et que Laurette, toujours plus aimée, se montrât toujours plus caressante, tout le reste ne l'occupait pas.

Un jour que pour la première fois Mme Duméril avait reçu la permission de prendre quelque nourriture, Laure descendit elle-même à la cuisine pour surveiller le potage destiné à la malade. M. Moncastel entra au salon au moment où elle le traversait.

« Ah ! Monsieur, s'écria la jeune fille en s'avançant vers lui, vous ne savez pas combien j'ai été malheureuse depuis que je ne vous ai vu ! ma pauvre mère a été bien malade. »

Et elle se mit à raconter avec une naïveté charmante toutes ses alternatives de désespoir et de bonheur.

Arthur l'écoutait avec un intérêt véritable, car il avait une vive affection pour Mme Duméril; et la tendresse filiale de Laure, sa douceur, sa modestie, le touchaient visiblement. Des pensées de toute nature préoccupaient aussi le jeune homme, et comme sa physionomie franche et ouverte trahissait aisément les secrets de son âme, on eût pu lire sur le visage de l'officier les sentiments divers qui s'agitaient dans son cœur.

« Maintenant je vous quitte pour rejoindre ma mère, dit Laure ; mais je vais vous envoyer Laurette, que vous embrasserez avec plaisir, car elle devient tous les jours plus gentille ; imaginez-vous qu'elle dit déjà plusieurs mots de français et qu'elle sait prononcer votre nom.

— Et c'est vous, Mademoiselle, qui avez eu la bonté de le lui apprendre ?

— Certainement, afin qu'elle prie Dieu pour celui qui lui a sauvé la vie. »

Et, légère comme une biche, Laure monta, en courant, l'escalier, tandis qu'Arthur la suivait du regard. Le jeune homme jeta ensuite un dernier coup d'œil sur le parquet souillé, les meubles encom-

brés de linge, de livres épars, d'objets de
toute sorte entassés pêle-mêle et couverts
de poussière; puis il dit comme se parlant
à lui-même :

« Mon Dieu ! quel dommage ! »

IV

LA DILIGENCE-OMNIBUS.

Un mois s'écoula, pendant lequel Arthur envoyait fréquemment son domestique s'informer de la santé de Mme Duméril; mais il ne se présenta pas lui-même. Cependant la malade, entièrement rétablie de cette violente secousse, avait repris la direction du ménage et remis de l'ordre dans toute la maison.

Quant à la jeune fille, elle se laissait vivre doucement, sans prévoyance et sans inquiétude d'avenir, entre sa mère, qui lui était rendue, et sa filleule, dont l'intelligence précoce se développait d'une manière étonnante.

Un jour Mme Duméril dut faire seule un très-court voyage à Toulon. Elle partit de bon matin, en promettant d'être de retour avant midi. A onze heures précises, en effet, elle arrivait sur la place au Foin, pour prendre la diligence-omnibus qui va de Toulon au Bausset. Les places du coupé étant déjà retenues, Mme Duméril monta dans l'intérieur, encore entièrement vide. Une petite lucarne pratiquée dans la cloison qui sépare les deux compartiments de la voiture permettait aux voyageurs du coupé et de l'intérieur de causer ensemble pendant la route; mais Mme Duméril, ne se souciant point de lier conversation avec ses compagnons, encore inconnus, baissa soigneusement le petit rideau qui ferme au besoin l'ouverture, et le fixa même avec des épingles. Bientôt deux hommes prirent place dans le coupé, et près d'un quart d'heure s'étant écoulé sans que le troisième voyageur eût paru, le cocher fouetta ses chevaux et partit.

« Ainsi donc vous aurez fait un déplacement inutile, mon cher oncle? dit un des personnages du coupé, dont Mme Duméril reconnut aussitôt la voix.

— Non, pas inutile, répondit l'autre, puisque j'ai eu le plaisir de passer quelques jours avec toi.

— Mais j'espérais que vous vous décideriez enfin à acheter une terre dans les environs de Toulon; les médecins vous le conseillent depuis longtemps, et j'aurais eu l'avantage de vous revoir chaque fois que je débarque.

— Que veux-tu, mon enfant, c'est une grande affaire à mon âge que de quitter le château de ses pères, l'endroit où l'on est né, où l'on a ses habitudes; d'ailleurs, je n'ai pas trouvé une seule maison de campagne à vendre qui fût de mon goût, à dix lieues à la ronde.

— C'est que votre beau château vous a rendu difficile, mon cher oncle : je vous assure qu'il y a ici de très-jolies habitations, avec des vues charmantes; et puisque vous n'aimez pas le bord de la mer, vous auriez dû chercher quelque chose près de Sainte-Anne, entre Ollioules et le Bausset; l'air de ce quartier est d'une admirable pureté; et vous y auriez trouvé une société agréable.

— Oui, certainement; Mlle Aloïse Vidal, par exemple, dit le vieil oncle d'un ton malicieux. Je ne l'ai vue qu'en passant; mais elle m'a paru fort belle, et on la dit très-riche.

— Je ne pensais point à Mlle Aloïse, répondit Arthur, car elle ne me plaît pas du tout; je la trouve vaine, moqueuse, égoïste, et pour moi la bonté passe avant la beauté.

— Et de qui donc alors vouliez-vous parler?

— De Mme Duméril, la veuve d'un ami de mon père, que vous connaissez sans doute de réputation.

— Oui, je l'ai entendu citer comme une femme spirituelle et de plus vertueuse, quoique d'un caractère faible; il ne lui reste qu'une fille, médiocrement jolie, dit-on, qu'elle gâte beaucoup trop.

— Je trouve Mlle Laure bonne, douce et aimable, reprit vivement Arthur..... Sans être régulièrement beau, son jeune visage plaît aux regards et surtout à la pensée par l'expression des vertus qu'il reflète; si sa mère la gâte, cela ne lui réussit pas trop mal.

— Mais, reprit l'oncle, si ce que l'on dit est vrai, cette charmante Laure, dont vous faites un si pompeux éloge, aurait cependant un grand défaut, un défaut bien grave dans une femme; car le manque d'ordre irait chez elle jusqu'à la malpropreté.

— Cela n'est malheureusement que trop vrai, répondit Arthur, et j'en ai fait moi-même la remarque; mais elle est bien jeune encore, et elle peut se corriger.

— Sans doute, mon neveu ; mais on s'étonne avec raison que Mme Duméril, qui n'est pas riche, n'ait pas compris déjà qu'une fortune, même bien plus grande que la sienne, souffrirait encore beaucoup d'un pareil défaut, et qu'il doit nuire certainement à l'établissement de sa fille. Il y a longtemps que le proverbe dit : « Les « femmes font ou défont les maisons. » D'ailleurs une femme malpropre, quelques qualités qu'elle possède, inspire bientôt à son mari une répugnance insurmontable. »

L'omnibus s'arrêta en ce moment pour recevoir deux jeunes dames dans l'intérieur, tandis que les voyageurs du coupé en descendaient et se dirigeaient vers le château de Montauban.

Mme Duméril ramena son voile sur son visage pour cacher à tous les yeux l'altération de ses traits. Bientôt le petit village de

Sainte-Anne apparut à ses regards : elle mit pied à terre ; mais, au lieu de se diriger tout de suite vers sa maison de campagne, éloignée de la grande route de quelques centaines de pas, elle entra dans l'église alors déserte, et, agenouillée au pied de l'autel de la sainte Vierge, elle réfléchit tristement à tout ce qu'elle venait d'entendre, priant Dieu et la divine Marie de lui donner la force d'accomplir tous ses devoirs de mère, et de lui aider à corriger sa fille bien-aimée d'un défaut qui pouvait lui devenir funeste.

V

LE LIVRE DE COMPTE.

« Mon Dieu ! maman, que vous revenez tard ! » s'écria Laure en se jetant dans les bras de sa mère, dont elle guettait le retour.

La pauvre veuve pressa son enfant contre son cœur, encore gros de soupirs.

« Voilà une lettre apportée pendant votre absence, » ajouta la jeune fille en cherchant vainement la missive annoncée, que l'on retrouva par hasard sur un banc du jardin.

Mme Duméril la reçut les larmes aux yeux, la relut à plusieurs reprises, et dit enfin d'une voix mal assurée :

« M. Moncastel m'avertit qu'il a trouvé une place aux orphelines pour sa petite filleule ; nous l'y conduirons un de ces jours.

— Que dites-vous ! s'écria la pauvre Laure en couvrant de baisers la petite négresse qui lui souriait tendrement, nous séparer de Laurette ! la mettre aux orphelines ! mais c'est impossible.

— Elle y sera bien soignée et bien élevée, et nous irons la voir de temps en temps.

— Et qui l'aimera comme je l'aime !... Oh ! maman, vous qui êtes si bonne, vous ne voudriez pas me faire ce chagrin.

—Il le faut cependant, dit Mme Du-méril en faisant effort sur elle-même pour résister aux désirs de son enfant.

—Et pourquoi le faut-il? ne suis-je donc pas capable d'apprendre à Laurette tout ce qu'elle doit savoir pour devenir une honnête fille et une bonne femme de chambre; puisque vous avez dit qu'il importe à son bonheur d'être élevée de manière à pouvoir se suffire un jour?

— Je doute fort que tu en sois capable en effet, ma chère.

— Mais vous êtes là pour m'aider de vos conseils, et vous savez bien que je les suivrai exactement, répondit la jeune fille avec vivacité.

— J'en conviens, mon enfant; aussi n'est-ce point la raison majeure qui dé-termine mon refus, dit la mère du ton le

plus calme qu'il lui fut possible de pren—
dre ; il en existe une autre plus impé-
rieuse encore; suis-moi dans ma chambre,
et je te la ferai toucher au doigt, pour
ainsi dire. »

Elles montèrent toutes deux aussi tristes l'une que l'autre, et Mme Duméril,
ouvrant son secrétaire, en tira un livre de
compte soigneusement tenu en parties
doubles; d'un côté se trouvaient inscrits
ses revenus, consistant dans une pension
de quatre mille francs, que, par des arran-
gements de famille inutiles à expliquer
ici, M. Duméril l'aîné, qui habitait depuis trente ans les colonies, s'était engagé
à faire sa vie durant aux héritiers de son
frère l'amiral ; plus les mille francs de
pension accordés par l'État aux veuves
d'officiers généraux ; de l'autre, toutes les
dépenses de la maison, parmi lesquelles

la toilette de Laure s'élevait, année commune, à huit cents francs environ, tandis
que Mme Duméril, toujours si convenablement vêtue de ses habits de deuil, qu'elle
n'avait jamais quittés, ne dépensait que la
moitié de cette somme pour son entretien
personnel.

— Tu le vois, dit la mère d'un ton
grave, les maladies et les voyages ont
épuisé toutes mes économies d'autrefois,
et maintenant nos revenus suffisent à peine
à nos besoins; il ne serait donc pas pru-
dent de s'imposer de nouvelles charges,
quelque faibles qu'elles paraissent d'a-
bord, sans diminuer d'autre part nos
dépenses.

— Eh bien! maman, retranchez sur
ma toilette, je vous en supplie, et permettez-moi de garder avec nous ma gentille filleule.

— Je ne demande pas mieux, mon enfant ; mais.....

— D'autant plus qu'il est absurde qu'une petite fille, comme moi, dépense plus que sa mère, ajouta Laure vivement.

— Tu as raison, et cependant cette somme énorme ne suffit pas encore à te vêtir convenablement, puisque..... »

Mme Duméril s'arrêta tout à coup, et des larmes involontaires s'échappèrent de ses yeux au souvenir de la conversation qu'elle avait entendue le matin.

« Maman, ma bonne maman ! s'écria Laure tout émue, pourquoi pleurez-vous ? parlez, je vous en conjure..... suis-je assez malheureuse pour avoir causé ce chagrin ?

— Hélas ! oui, ma pauvre enfant, dit la mère avec tendresse ; ce désordre que je t'avais reproché plusieurs fois, je viens d'avoir la douleur de l'entendre blâmer justement par un homme que j'estime et que tu connais bien.

— Ne me dites point son nom, je ne veux pas le savoir, s'écria la jeune fille avec impétuosité ; ce qui me remplit de tristesse et de regret, c'est d'avoir mérité vos reproches, c'est d'avoir fait couler vos larmes..... O ma chère maman, pardonnez-moi, je vous en supplie, et avec la grâce de Dieu, que je vais bien prier pour cela, je vous promets de me corriger.

— Je compte sur ta parole, mon enfant, dit Mme Duméril en pressant Laure sur son cœur ; garde ta filleule auprès de toi, puisque tu le désires, et que c'est une œuvre méritoire aux yeux de Dieu ; tes économies pourvoiront à son entretien. »

VI

L'ÉPREUVE.

Laure tint exactement sa promesse. Depuis ce jour, mémorable dans sa vie, sa chambre fut constamment en ordre, sa toilette toujours irréprochable et de bon goût, quoique d'une grande simplicité; et, sur la pension de six cents francs que sa mère lui avait allouée, elle trouvait largement de quoi fournir à l'entretien de Laurette, qui, croissant en force et en intelligence, commença bientôt à rendre de petits services dans la maison avec une bonne volonté et une adresse qui lui attiraient tous les cœurs.

Sans doute il en avait coûté beaucoup à la jeune fille pour se défaire tout à coup de ses habitudes négligentes : mais la volonté ferme de se corriger de tous ses défauts pour devenir plus agréable à Dieu, son amour filial et sa tendresse pour Laurette avaient triomphé de tous les obstacles, et les difficultés, d'abord bien grandes, s'étaient aplanies de jour en jour.

Mme et Mlle Duméril avaient quitté la campagne à la fin de l'été, et elles habitaient à Toulon un joli logement sur le port; l'aisance, la paix et la joie régnaient

7*

dans ce petit ménage; Laure se faisait remarquer entre toutes les jeunes personnes
de son âge par une piété angélique, une
douceur inaltérable et le charme naturel de
ses manières; elle était bien vue et recher-
chée de tout le monde; il n'y avait pas une
mère qui ne désirât la voir devenir l'amie
de sa fille et qui ne la lui proposât pour
modèle. Sa vie, toute d'affection et d'occupations douces et utiles, s'écoulait paisible
comme l'onde d'un clair ruisseau au milieu
d'une prairie en fleurs.

Mais le bonheur d'ici-bas ne saurait
durer longtemps sans nuage. Un jour que
Mme Duméril, un peu souffrante, se tenait
assise près de la fenêtre, les yeux fixés sur
la mer, dont les ondes, doucement agitées
par la brise du midi, scintillaient comme
des diamants sous les rayons du soleil de
Provence, elle aperçut un bâtiment cin-

glant vers le port, et croyant reconnaître celui que commandait Arthur Moncastel, elle alla dans une autre pièce chercher sa lunette d'approche pour s'assurer du fait.

Pendant ce temps Mme Vidal pénétra dans le salon.

« Ma chère Laure, dit-elle d'une voix triste à la jeune fille, qui dessinait dans l'embrasure d'une fenêtre, menez-moi dans votre chambre, il faut que je vous parle en particulier. »

L'abattement de sa vieille amie n'étonna pas Mlle Duméril; car Mme Vidal était toujours triste depuis que sa nièce Aloïse, qui s'était mariée contre le gré de sa bonne tante, vivait malheureuse à Paris, en fort mauvaise intelligence avec l'époux de son choix.

« Armez-vous de courage, ma pauvre enfant, dit Mme Vidal lorsque toutes deux

furent assises, j'ai de mauvaises nouvelles
à vous apprendre.

— L'indisposition de ma mère serait-
elle plus dangereuse que je ne pensais?
s'écria Laure en pâlissant.

— Il n'est pas question de cela, mais
de la mort de votre oncle qui habitait les
colonies.

— Je ne l'avais jamais vu, dit Laure;
mais je ne suis pas moins affligée de cette
perte, car il avait toujours été bon pour
nous, et la pension qu'il nous faisait était
la plus forte partie de notre revenu.

— Je le sais bien, mon enfant, et voilà
surtout ce qui me désespère pour votre
bonne mère et pour vous. Monsieur votre
oncle, par une fatalité que je ne m'explique
point, vous a tout à fait oubliées dans son
testament, quoiqu'il eût toujours annoncé
hautement des intentions bien différentes;

de sorte que vous perdez non-seulement vos droits d'héritière naturelle, mais encore la pension que M. Duméril vous faisait de son vivant. Je sais tout cela par une lettre de mon cousin, vieil ami de votre oncle. Vous comprenez combien, dans l'état de santé où se trouve votre bonne mère, une pareille nouvelle, annoncée sans ménagement, pourrait lui devenir funeste; c'est pourquoi j'ai voulu vous prévenir d'abord.

— Je vous remercie de tout mon cœur de cette preuve d'intérêt, » dit Laure sans chercher à cacher son chagrin.

Puis, après un moment de réflexion, elle ajouta :

« Mon oncle était libre de disposer de ses biens; nous avions toujours cru qu'il le ferait en notre faveur : il n'en est point ainsi, que la volonté de Dieu soit faite. Je comprends les nouveaux devoirs que notre

situation m'impose, j'espère que le Ciel me
donnera la force de les remplir. »

Dès que la pauvre fille se trouva seule,
elle se jeta à genoux, pria et médita longtemps devant le Seigneur, et dit enfin en
se relevant plus calme, sinon consolée :

« Le moment est venu de rendre à ma
mère ce qu'elle a fait pour moi; je serai
l'appui de sa vieillesse, comme elle fut
celui de mon enfance; et, si je puis la
rendre heureuse encore, je me consolerai
aisément de la perte d'une fortune qu'elle
me destinait. »

Il ne fallut rien moins que la tendresse
sans bornes de Mlle Duméril, et les précau-
tions infinies qu'elle employa, pour que la
santé de sa mère pût résister à une telle
épreuve. Laure n'était pas douée d'une
grande force de caractère; mais elle puisa
dans sa piété un courage au-dessus de sa

nature. Elle renonça sans regrets apparents à cette vie douce et brillante dont on contracte si aisément l'habitude, et elle engagea elle-même sa mère à quitter la ville et à se fixer toute l'année à leur campagne, dont le produit était à peu près nul, mais dont le logement commode devait leur épargner un loyer toujours cher à Toulon.

« L'air est si sain là-bas, disait la jeune fille le sourire sur les lèvres, qu'une promenade avec vous dans nos pittoresques montagnes sera pour moi une plus grande jouissance que le bal le plus brillant. »

Les domestiques durent être congédiés. Annette, la fille du fermier, se chargea à peu de frais des soins les plus fatigants du ménage.

« Laurette et moi nous ferons tout le reste, disait encore Mlle Duméril; ne faut-il pas que j'apprenne à cette chère enfant

tout ce qu'elle doit savoir un jour? et je
vous assure, maman, que ces occupations
ne me paraissent nullement pénibles, et
que si vous pouviez vous consoler tout à
fait, nous serions très-heureuses et nous
vivrions fort à l'aise avec vos mille francs
de pension, les fruits et les légumes du
jardin, sans compter la provision de vin et
d'huile que votre petite terre nous fournit
largement. »

Mme Duméril soupirait en entendant sa
fille parler de la sorte, et elle admirait sa
résignation. Mais comme cette résignation
ne se démentit jamais, que Laure se montrait toujours calme et souriante, joyeuse
même au milieu de ses pénibles travaux,
la bonne mère finit par croire que sa fille
était heureuse en effet, et cette persuasion
adoucit bientôt son propre chagrin. Cependant sa santé était toujours si chancelante

que la moindre occupation devenait pour elle une fatigue. Mlle Duméril sut les lui épargner toutes; elle dirigeait Annette dans les soins du ménage, faisait tous les ouvrages d'aiguille, souvent même la cuisine, et trouvait encore le temps d'apprendre à lire et à écrire à sa chère Laurette. L'ordre et la propreté régnaient dans la maison, et Mme Duméril, en se voyant entourée de tant de bien-être, se demandait par quel miracle la pauvre enfant pouvait, à l'aide de moyens si faibles, suffire à tant de besoins; mais Laure répondait alors avec son angélique sourire :

« Soyez tranquille, maman, nous sommes plus riches que vous ne pensez; car le Ciel nous protége visiblement; les récoltes sont excellentes, et je trouve dans le jardin des ressources inconnues jusqu'ici. »

Il est vrai que la petite terre rapportait

bien davantage depuis que Laure en surveillait elle-même la culture ; mais cette
surveillance était encore une charge pénible, et Dieu seul savait ce qu'il en avait
coûté à la jeune fille d'efforts et de constance pour augmenter ainsi leur modique
revenu.

VII

LA SYLPHIDE.

Le temps marche pour ceux qui vivent de travail et d'économie, comme pour les riches et les heureux du siècle. Quatre années s'étaient écoulées déjà sans apporter de grands changements dans la position de Mme et de Mlle Duméril; cependant la santé de la mère paraissait s'être un peu fortifiée dans cette vie douce et paisible, et Laure avait eu l'heureuse idée de mettre à profit les nombreux mûriers de l'enclos pour élever des vers à soie, dont le produit ajoutait au reste environ quatre à cinq cents francs.

Laurette, devenue grande et forte, secondait admirablement ses bienfaitrices, et sa vive affection les dédommageait au centuple des soins qu'elle avait coûtés. M. Moncastel, attaché depuis longtemps au port de Brest et presque toujours en mer, ne donnait pas de ses nouvelles; et, quoique Mme Duméril conservât pour lui un vif et sincère attachement, elle s'en préoccupait beaucoup moins depuis que la perte de sa fortune rendait trop disproportionné ce projet de mariage, si longtemps l'objet de ses vœux.

Un matin que la pauvre femme venait de ressentir quelques atteintes plus vives du mal qu'elle éprouvait encore bien souvent, Laure et Laurette entrèrent joyeusement dans sa chambre. La première offrit à sa mère un bonnet, un col et des manchettes richement brodés, tandis que la négresse lui présentait les premiers bas qu'elle eût tricotés de sa vie; car ce jour était le premier de l'an.

« Mon Dieu, quel bel ouvrage! s'écria la bonne mère en s'extasiant devant les broderies, comment as-tu fait tout cela sans que je m'en aperçusse? Tu abuses de ta santé, ma fille.

— Non, maman, je me porte à merveille; et je suis bien heureuse que vous soyez si contente de mon travail et de celui de ma chère Laurette. »

Pour toute réponse Mme Duméril pressa

son enfant sur son cœur, car elle était vivement émue; puis elle donna aux jeunes filles les présents qui leur étaient destinés. Ensuite elle les engagea à commencer l'année par une bonne action, en allant porter, après la messe, quelques bouteilles de vin vieux à un pauvre malade du voisinage.

Mon Dieu! se dit Mme Duméril, après avoir longtemps suivi des yeux par la fenêtre la démarche gracieuse de sa Laure bien-aimée, tant de vertus méritaient un meilleur sort! Cher ange, à qui je dois tout le bonheur de ma vie et que je vais laisser bientôt orpheline, car mes forces m'abandonnent, et cette année qui commence sera peut-être la dernière de ma vie: que deviendra-t-elle alors sans fortune et sans appui, puisque Dieu ne lui a pas fait la grâce de l'appeler à la vie religieuse, et que je ne puis plus même espérer de l'établir convenablement?

Et des larmes de tendresse et de douleur sillonnaient les joues de la pauvre mère.

Dans ce moment on frappa à la porte, et un nouveau personnage pénétra dans la chambre.

C'était un petit vieillard très-riche, encore frais et dispos, et d'une physionomie bienveillante malgré sa laideur naturelle. M. de Clamair, tel était son nom, habitait depuis trois ans le midi de la France, dans l'espoir de se débarrasser de ses douleurs rhumatismales. Il avait acheté la maison de campagne de Mme Vidal, morte de langueur et de chagrin peut-être, et il venait tous les soirs faire la partie de piquet de Mme Duméril, qui rendait pleine justice aux excellentes qualités de son voisin, quoiqu'elle eût eu quelque peine d'abord à

s'habituer à son caractère légèrement ta-
quin et railleur.

« Pardon de vous déranger de si bonne
heure, mon aimable voisine, dit-il; je
veux être des premiers à vous faire agréer
mes vœux de bonne année; et puis, avec
votre permission, j'apportais à Mlle Laure
quelques dragées qu'elle voudra bien accepter, je l'espère.

— Vous la gâtez, mon cher voisin,
répondit Mme Duméril, reconnaissante de
cette attention.

— C'est elle qui me gâte tous les jours
par mille petits soins délicats, répondit le
vieillard, tout en posant sur la table une
énorme boîte, surmontée d'une sylphide
en chocolat; elle est si gracieuse et si
bonne!

— Oh! pour cela oui, dit la mère
d'une voix émue, il faut la connaître

comme moi, jouir à chaque instant de son amour et de ses prévenances pour savoir tout le prix de ce trésor.

— Ne pensez-vous pas, voisine, qu'il serait bien temps d'établir votre fille?

— Vous savez bien, dit la mère, que je n'ai pas de dot à lui donner, et que les jeunes personnes sans fortune ne se marient pas aisément.

— Si Mlle Laure n'est pas riche en argent, elle l'est infiniment en vertus, répondit-il; et puis, n'a-t-elle pas acquis le talent de faire beaucoup avec peu, d'être toujours propre et bien vêtue avec l'habillement le plus simple?

— Acquis est bien le mot, répondit la mère, frappée de ces paroles du vieillard; mais cela ne suffit point.

— Cela suffit si bien à certaines gens, ma chère voisine, que je viens vous demander Mlle Laure en mariage........

« — Vous, Monsieur? interrompit Mme Duméril toute troublée.

« — Oui, moi; mais silence! » s'écria-t-il
en laissant errer sur ses lèvres un malicieux sourire.

Laure entrait dans ce moment, suivie
de sa filleule, et pendant que M. de Clamair lui offrait galamment la boîte de bonbons qu'il avait apportée, la pauvre mère,
vivement agitée par ce qu'elle venait
d'entendre, passa dans son cabinet pour
réfléchir un instant.

« Mon Dieu! dit-elle en s'agenouillant
au pied d'un crucifix, est-ce donc là l'é-
poux que je dois donner à ma fille? Serait-
elle heureuse avec un mari d'un âge si
disproportionné? Et cependant M. de Clamair est un parfait honnête homme, plein
d'honneur et de bonté; sa fortune est

considérable, et il serait pour ma pauvre
Laure un protecteur et un ami. Elle a pour
lui de l'affection, et je suis sûre qu'elle
l'épouserait sans répugnance si je lui en
donnais le conseil. Que faire donc, mon
Dieu! que faire dans une pareille per-
plexité? »

Et comme elle méditait et priait de la
sorte, Laurette vint montrer à Mme Duméril les bonbons et les joujoux qu'elle
avait reçus du vieillard. Mme Duméril rentra alors dans la chambre, en proie à une
vive émotion.

« Eh bien! ma belle voisine, lui dit à
demi-voix M. de Clamair en lui tendant la
main et en la regardant avec des yeux
pleins d'une malicieuse gaieté, puis-je espérer une réponse favorable?

— Monsieur, balbutia la pauvre mère,
sans doute une telle demande nous honore

infiniment; mais il me faut le temps de consulter ma fille.

— Bah! reprit le vieillard à haute voix, je suis sûr que si vous le voulez bien, ma chère Laure consentira de bon cœur à épouser..... un jeune homme bon et aimable, qui partage son affection pour Laurette, et qui ne la séparera jamais de son excellente mère.

— Que dites-vous, Monsieur? et de qui voulez-vous parler? s'écria Mme Duméril, qui sentit tout son sang refluer vers son cœur.

— Oh! ce n'est pas de moi qu'il est question, répondit-il en riant, mais de mon neveu Moncastel. J'ai eu mes raisons pour ne pas même vous le nommer jusqu'à présent, quoique je le regarde comme mon fils. Il est de retour d'un long voyage qui lui a valu le grade de capitaine de frégate;

il sera à Toulon demain; et comme il aime et estime infiniment Mademoiselle votre fille depuis le jour où il l'a vue si compatissante pour la pauvre petite négresse, il me charge de vous la demander formellement en mariage.

— Hélas! Monsieur, peut-être votre neveu ignore-t-il encore combien la fortune nous a maltraités depuis son départ? dit Mme Duméril avec crainte.

— Il n'ignore rien de ce qui vous touche, Madame, et j'ai eu soin de l'instruire de vos malheurs; mais il connaît aussi la sage conduite de Laure, l'ordre, la propreté et l'économie qu'elle fait régner dans votre maison.

— Mon cher voisin, reprit Mme Duméril avec un ineffable sentiment de reconnaissance, la demande que vous me faites comble tous mes vœux, et cependant, ajouta-t-elle tristement, il ne m'est peut-être pas permis de l'accepter, car enfin ma pauvre Laure n'a pas même la dot exigée par le gouvernement pour les femmes d'officier; cette maison de campagne, le seul bien que je puisse lui donner, ne vaut guère plus de quinze mille francs.

— Bah! dit le vieillard, n'y a-t-il pas plusieurs moyens d'arranger tout cela?

— Je sais qu'on peut éluder la loi en produisant de faux certificats, répondit Mme Duméril; mais le mensonge me répugne trop pour que je voulusse en faire usage même afin d'assurer le bonheur de ma fille..... Peut-être parviendrions-nous à obtenir une dispense en faveur des services de mon mari?

— Ce serait bien long, répliqua le vieillard, et nous sommes pressés, mon neveu et moi. Que pense de tout cela notre chère Laure?

— Je m'en rapporte entièrement à ma bonne mère, répondit la jeune fille. Je ne pensais guère à me marier; mais le parti qu'elle prendra sera certainement le plus sage, et je lui obéirai en toute chose.

— Puisque nous sommes rassemblés en conseil, il faut que chacun donne son avis, dit M. de Clamair. Je veux même prendre celui de cette petite sylphide, qui tient une baguette à la main sur cette boîte de bonbons et qui vous paraît inanimée. Allons, madame la fée, ajouta-t-il en riant, par la vertu de votre baguette n'aurez-vous donc aucun moyen de nous tirer d'embarras? »

En prononçant ces mots, le vieillard fit tourner un petit ressort qui, déplaçant la sylphide en chocolat, ouvrit le double fond de la boîte de dragées, et laissa apercevoir un certain nombre de billets de banque.

« Voici la réponse de la petite fée, dit-il en les présentant à Mlle Duméril; ces vingt-quatre mille francs lèveront, j'espère, tous les obstacles.

— Oh! Monsieur, je ne saurais accepter, balbutia la jeune fille.

— Vous oubliez, ma chère enfant, que c'est une chose déjà faite, et avec la permission de madame votre mère encore, puisque les billets de banque faisaient partie de la boîte. Et d'ailleurs, ajouta-t-il avec tendresse, c'est le cadeau de noce de votre père adoptif; vous ne l'affligerez pas par un refus. »

Laure se jeta tout émue dans les bras du vieillard, tandis que Mme Duméril essuyait de douces larmes de reconnaissance et de bonheur.

Trois mois après, le bon curé de Sainte-Anne bénissait le mariage du commandant Moncastel et de Mlle Duméril, dans cette même église où tous les deux s'étaient engagés devant Dieu à servir de protecteurs à la petite Laurette. Les habitants du hameau et des bastides voisines, qui aimaient et respectaient Mme Duméril et sa charmante fille, étaient accourus en foule pour assister à la cérémonie, et tous semblaient partager l'allégresse des nouveaux époux et de leurs parents.

ÉPILOGUE.

L'année dernière j'aperçus sur le Champ-
de-Bataille, à Toulon, une jeune négresse,
coquettement coiffée d'un madras à car-
reaux rouges, qui jouait, heureuse et fo-
lâtre, avec deux beaux enfants de trois à
quatre ans, passant ses doigts d'ébène dans
les boucles soyeuses de leurs blonds cheveux, et couvrant de baisers leur blanc et
frais visage, tandis que du haut d'un balcon une dame d'un âge mûr, d'une tour-

nure distinguée, contemplait avec amour
ce gracieux spectacle, le montrant du doigt
à un petit vieillard qui causait avec elle.
Bientôt une jeune femme traversa le Champ-
de-Bataille, appuyée sur le bras d'un
officier supérieur de marine. Les beaux
enfants coururent à leur rencontre, et le
père et la mère les embrassèrent à plusieurs reprises; puis ils entrèrent dans la
maison au balcon, après avoir adressé
quelques paroles d'amitié à la jeune fille.
Cette négresse était Laurette, dont on me
conta alors l'histoire, et qui, tendrement
chérie de son parrain et de sa marraine,
n'avait pas souffert qu'une autre qu'elle
servît de *bonne* à ces chers enfants, dont
elle était devenue la seconde mère.

THÉRÈSE.

THÉRESE.

« A quoi rêves-tu donc ainsi, ma Thérèse? » disait une femme d'une cinquan-
taine d'années à une jeune fille de quinze
à seize ans qu'elle venait de surprendre
triste et pensive, accoudée sur la fenêtre.

A la voix de sa mère, Thérèse tressaillit involontairement; puis elle lui dit
les larmes aux yeux :

« Je regardais toutes ces belles demoiselles qui se promènent sur la place, et je
pensais qu'elles sont bien heureuses d'être
assez riches pour avoir des domestiques qui
soignent leur ménage, tandis qu'elles sont
là à ne rien faire. Que ne suis-je, comme
elles, d'une condition qui me permette de
porter des chapeaux et des robes de soie !

— Crois-tu donc, mon enfant, que la
soie ait le pouvoir d'éloigner le chagrin
comme on dit qu'elle repousse la foudre,
et qu'on soit plus heureuse coiffée d'un
chapeau que d'un bonnet?

— Il me semble que oui, mère; et si
vous vouliez me permettre d'acheter un
petit chapeau de paille que je garnirais
moi-même, je serais bien contente, je vous
assure.

— Tu le crois maintenant, ma fille;
mais à ce désir en succèderait bientôt un

autre que tu ne pourrais également satisfaire, et ce serait toujours à recommencer.
Tu sais que j'ai été élevée chez ma sœur
de lait, et que j'ai vu de près les riches et
les grands; crois-en donc mon expérience,
mon enfant; le bonheur ne consiste pas à
avoir de la fortune ou des titres, mais à
savoir se contenter de ce qu'on possède en
se soumettant en tout à la volonté de Dieu,
qui sait mieux que nous ce qui nous convient; et puisqu'il t'a fait naître dans la
classe ouvrière, habille-toi et coiffe-toi
comme les jeunes filles de ta condition; tu
n'en seras ni moins estimable, ni moins
heureuse. Là-dessus, va mettre le couvert
pendant que je veille au rôti; car tu sais
que ton oncle et ta tante Bodillot doivent
souper aujourd'hui avec nous.

—J'y vais, ma mère, répondit la jeune
fille en jetant un dernier regard d'envie

sur les promeneuses, et en se disant le cœur gros de soupirs : « Mon Dieu, qu'on est heureux d'être né bourgeois! »

Quelques semaines plus tard, Mme Gérard tomba malade, et Thérèse, qui aimait sa mère avec tendresse, ne quitta plus le chevet de son lit. Un jour qu'elle lui faisait la lecture, on frappa doucement à la porte de la chambre, et une dame âgée se montra sur le seuil.

« Quoi! vous ici !... s'écria la malade avec des transports de joie.

— Oui, moi-même, chère Marguerite, dit Mme Garnier en embrassant sa sœur de lait; me voilà de retour dans ma patrie, dont mes affaires m'ont tenue si longtemps éloignée. Mais comment as-tu fait pour me reconnaître après une si longue absence?

— C'est que les traits de votre visage,

comme le souvenir de vos bontés, étaient
si bien gravés dans mon cœur, que l'absence ne pouvait me les faire oublier. »

« Mme Garnier essuya une larme d'émotion.

Es-tu toujours contente de ton sort?
dit-elle.

— Autant qu'on peut l'être après avoir
perdu un mari qu'on estimait et qu'on
aimait, répondit la malade.

— Ah! oui, ce brave Gérard! c'était un
parfait honnête homme..... Mais il te reste
une fille, qui me paraît charmante.....
moi, je suis veuve et sans enfant ! »

En prononçant ces mots la pauvre femme
fondit en pleurs, Marguerite y mêla les
siens, et Thérèse s'associa à cette juste
douleur avec la sensibilité d'une âme tendre et compatissante.

Mme Garnier se mit ensuite à raconter à

son amie toùt ce qui lui était arrivé depuis son départ, et le plaisir qu'elle éprouvait à épancher son cœur était si grand, que cet entretien se prolongea bien avant dans la soirée ; elle sortit à dix heures en promettant de revenir bientôt. Mais, hélas! soit que son apparition inattendue eût occasionné à Marguerite une émotion trop vive, soit que la maladie fùt plus dangereuse que le médecin ne l'avait cru d'abord, le mal empira tout à coup, et peu de jours après Mme Gérard expirait saintement, après avoir donné à sa fille les avis les plus sages.

Le désespoir de Thérèse fut si vif qu'on craignit d'abord qu'elle ne survécût pas à sa mère ; mais sa jeunesse et les soins de ses parents triomphèrent enfin du chagrin et de la fièvre ; et, pendant qu'elle était en convalescence, sa bonne tante Bodillot, qui ne l'avait pas quittée, lui dit un jour avec émotion :

« Tu sais, ma chère nièce, que je n'ai jamais eu d'enfant, et que nous t'aimons comme si tu nous appartenais. Ainsi, mon mari et moi, nous regardons comme une chose toute naturelle de te garder avec nous, et ce sera une grande joie pour tous deux; cependant, je crois devoir t'apprendre que Mme Garnier a été si touchée du zèle et de la tendresse avec lesquels tu as soigné ta pauvre mère, qu'elle désire vivement t'avoir chez elle pour lui tenir compagnie; elle nous en a fait la proposition, et elle nous assure que tu n'aurais pas sujet de t'en repentir. Mme Garnier est une femme estimable, elle est riche et sans enfant, elle peut te procurer plus d'agrément que tu n'en aurais auprès de nous; cela mérite considération. Cependant elle n'est point ta parente, et tu la connais à peine, tandis que moi, je t'ai bercée dans mes bras quand tu étais encore toute petite. Enfin, tu as plus d'esprit que ta pauvre vieille tante ; tu jugeras toi-même. »

En disant ces mots, la bonne femme s'éloigna pour cacher les larmes qui commençaient à la suffoquer, et Thérèse demeura immobile de surprise et de joie. Les sentiments de sa tante lui étaient bien connus, elle avait lu clairement dans cette âme naïve et tendre le chagrin que Mme Bodillot éprouverait en voyant sa nièce s'éloigner d'elle, et Thérèse avait de l'affection pour cette sœur de son père, qui s'était toujours montrée excellente à son égard. Mais, d'un autre côté, la protection de Mme Garnier devait lui procurer une position bien plus conforme à ses goûts ; dans la maison de Mme Garnier, Thérèse aurait sans doute des

domestiques pour la servir, et elle porte-
rait peut-être un chapeau et une robe de
soie ! Et comme, malgré les exemples et
les conseils de sa mère, Thérèse n'était pas
véritablement pieuse, que ses bonnes qualités étaient surtout extérieures, et plutôt le
fruit d'un heureux naturel et d'un point
d'honneur tout humain que celui de la foi
chrétienne, son attachement ne tint pas
contre le désir violent de devenir une bourgeoise, telle que Mlle Julie et Mlle Athénaïs :
être l'égale de ces demoiselles, dont elle
avait été la couturière, lui paraissait le
comble du bonheur, et elle ne pensa plus
qu'aux moyens de faire entrer sa tante
dans ses vues, tout en adoucissant le coup
qu'elle allait lui porter.

Thérèse était à la fois jolie, aimable et
gracieuse ; son esprit naturel avait été cul-
tivé de bonne heure par une mère beau-

coup plus instruite que ne le sont ordinairement les personnes de sa condition ; elle
avait de plus un caractère égal, facile et
insinuant, qui lui concilia bientôt les sym-
pathies de Mme Garnier.

La jeune fille cependant eut d'abord
beaucoup à souffrir du mauvais vouloir
d'une ancienne femme de chambre et des
autres domestiques, mécontents de la voir
s'élever de plus en plus au-dessus d'eux ;
mais le premier dimanche où, son grand
deuil étant fini, elle put se montrer sur la
place vêtue d'une robe de soie noire, coiffée d'un charmant chapeau de crêpe, donnant le bras à sa bienfaitrice, tous ses
chagrins furent aussitôt oubliés, et la joie
de l'orgueil dilata si bien son pauvre cœur,
qu'en passant devant son ancienne demeure, le souvenir encore si récent de la
mort de sa mère ne lui arracha ni une

larme, ni un soupir, tant elle était préoccupée de la sensation extraordinaire qu'elle
croyait produire. Le fait est que plusieurs
personnes se retournaient pour la voir plus
à leur aise, et qu'en passant près d'un
groupe de jeunes filles jadis ses compagnes elle entendit prononcer son nom.
Prêtant alors une oreille plus attentive,
elle distingua ces paroles :

« Une pauvre ouvrière, qui n'a pas un
sou vaillant ! cela ne fait-il pas pitié ! »

Un instant après, Mlles Julie et Athénaïs arrivèrent tout près d'elle, accompa-
gnées de plusieurs de leurs amies ; et comme
Thérèse les saluait d'un petit air amical,
elles détournèrent sottement la tête pour
n'avoir pas l'air de l'apercevoir et pour
n'être point obligées de rendre le salut à
leur ancienne couturière. Ces deux petites
humiliations suffirent pour dissiper subite-

ment la folle joie de Thérèse, mais non pour la guérir de l'orgueil qui la dominait. Elle prétexta une migraine, et rentra à la maison triste et malheureuse, pensant à quitter une ville où le souvenir de sa condition première nuirait toujours à ce qu'elle appelait son bonheur.

L'entreprise que la jeune fille méditait dès lors, et qui consistait à faire abandonner à Mᵐᵉ Garnier son pays natal, était d'autant plus difficile, que cette dame venait de faire restaurer à neuf une grande et belle maison qu'elle possédait, en annonçant l'intention d'y passer le reste de sa vie. Cependant Thérèse avait déjà pris tant d'empire sur l'esprit de sa bienfaitrice, qu'elle parvint avec le temps à lui persuader que le séjour d'une grande ville lui conviendrait beaucoup mieux, et qu'elle la décida à se fixer à Toulouse, cité qui paraissait à Thérèse assez éloignée pour que personne ne connût sa naissance.

Au moment du départ, la vive douleur de M. et de Mme Bodillot lui fit bien verser quelques larmes; mais elle se consola de cette séparation par la pensée des avantages qui l'attendaient à Toulouse ; car Mme Garnier, toujours plus enchantée des brillantes qualités de Thérèse et de l'attachement que celle-ci lui témoignait en toute circonstance, venait de l'adopter pour sa fille et la traitait comme telle. Rien ne semblait alors devoir manquer à la félicité de cette gracieuse personne, que la nature s'était plu à embellir de tous les dons de l'esprit, et dont la beauté incontestable fit bientôt sensation dans le monde, où sa mère adoptive se fit un plaisir de la conduire. Mais, comme l'a dit une femme célèbre : « Le bonheur est une espèce d'horizon qui recule autant qu'on avance. » Et c'est surtout aux joies de l'orgueil que ces paroles peuvent être appliquées.

Pendant deux mois entiers la jeune fille jouit sans aucun trouble de cette fortune inespérée ; les charmes de son esprit et de sa figure la faisaient rechercher avec empressement dans les meilleures maisons de la ville, et la marquise de Sainte-Croix, dont la noblesse remontait à plusieurs siècles, l'invita à un grand bal qu'elle donnait à l'occasion de sa fête.

Cette circonstance mit Thérèse en relation avec la haute aristocratie de Toulouse, et bientôt le nom de Garnier, que sa bienfaitrice lui avait permis de porter, lui parut vulgaire et malsonnant ; et quand, après les titres sonores de marquise et de comtesse, le domestique annonçait simplement Mme et Mlle Garnier, Thérèse avait presque honte de s'entendre appeler de la sorte.

Ah! que ne suis-je fille d'un gentil-homme! se disait-elle avec tristesse.

Cette nouvelle manie s'empara telle-ment de son âme, qu'elle empêchait l'am-bitieuse enfant de jouir des plaisirs du monde et de tous les agréments de sa position.

Vers cette époque, Mme Garnier, dont la santé était fort délicate, résolut d'assurer le sort de sa fille adoptive en l'établissant d'une manière convenable. Elle avait un neveu de vingt-sept ans réunissant toutes les qualités propres à rendre une femme heureuse; elle le fit venir à Toulouse pour qu'il connût Thérèse. Il était difficile qu'il la vît sans en être charmé. La jeune fille, de son côté, trouva le neveu de sa bienfaitrice extrêmement aimable; elle savait de plus qu'il avait un cœur excellent,

une éducation soignée, des principes solides et une fortune indépendante... Mais
il avait le malheur de s'appeler François
Brunet. Comment se résoudre à devenir
Mme Brunet?

Cette considération futile, que Thérèse
n'aurait certes pas osé avouer, retenait seule
sur ses lèvres un consentement bien sou--
vent prêt à s'en échapper, lorsqu'un jour
Mme Garnier l'appela dans sa chambre, et
lui dit en la baisant au front :

— Ma chère petite, je viens de recevoir
une lettre de M. le comte de Châteauvert,
qui vous demande en mariage. N'est-ce
point, dites-moi, ce petit homme blond
qui a dansé hier au soir la première con-
tredanse avec vous chez la marquise de
Sainte-Croix?

— Oui, ma mère, répondit Thérèse en
baissant les yeux.

— Il n'est pas beau, reprit Mme Garnier..... Quelle différence avec mon neveu Brunet ! »

La jeune fille ne répondit point ; mais elle devint plus rouge qu'une cerise, et se sentit prête à pleurer. Elle ne connaissait le comte de Châteauvert que pour l'avoir vu quatre ou cinq fois dans le monde, et avoir échangé avec lui quelques phrases insignifiantes ; elle trouvait, comme sa mère adoptive, que François Brunet était aussi supérieur au comte par l'esprit et de solides connaissances que par ses agréments personnels ; mais ce nom de comtesse de Châteauvert chatouillait vivement son amour-propre. Mme Garnier, remarquant le trouble de la jeune fille sans en deviner la véritable cause, s'écria d'un ton de surprise :

— Eh quoi, mon enfant ! préféreriez-vous ce mariage à l'union projetée avec mon neveu ?

— Ma mère, dit Thérèse, en levant vers sa bienfaitrice ses beaux yeux pleins de larmes, mon plus grand désir est de vous complaire en toute chose, et je n'aurai jamais d'autre volonté que la vôtre. »

Elle était si belle et si touchante en prononçant ces mots, que la bonne dame la serra sur son cœur en lui disant :

— Je ne l'entends point ainsi, ma chère, et malgré le désir que j'éprouve de t'unir à mon neveu, si M. de Châteauvert te convient davantage, et si les renseignements que je vais faire prendre sur son compte lui sont favorables, tu l'épouseras bel et bien ; car je veux avant tout assurer ton bonheur. »

Trois mois plus tard, Thérèse devenait comtesse de Châteauvert.

Cette fois encore la Providence l'avait traitée en enfant gâté ; car si le comte, qu'elle n'épousait que pour son nom, n'était remarquable ni par sa figure, ni par son esprit, si sa fortune était presque nulle, c'était un homme d'honneur et de bon sens, d'un caractère doux et facile, et aimant sa femme avec tendresse. Thérèse pouvait donc être beaucoup plus heureuse qu'elle n'avait été sage.

M. de Châteauvert était officier dans la garde royale ; le congé qu'il avait obtenu étant sur le point d'expirer, il lui fallut retourner à Paris. La jeune comtesse brûlait du désir d'habiter cette ville, dont elle avait entendu dire merveille, et où elle espérait d'ailleurs être présentée à la cour, désir qui était devenu le nouvel objet de son ambition ; mais une des premières clauses du mariage avait été que Thérèse ne quitterait point sa bienfaitrice, et quelque envie qu'il éprouvât d'emmener sa femme avec lui, l'officier, fidèle à sa parole, n'avait même pas voulu le proposer.

Thérèse pouvait d'autant moins s'éloigner de Mme Garnier, que celle-ci était depuis quelque temps très-souffrante. Cette circonstance, qui paraissait un obstacle de plus, lui servit au contraire à surmonter tous les autres : elle persuada à sa mère adoptive que les médecins de Toulouse n'entendaient rien à son mal, et que les célèbres docteurs de Paris la guériraient infailliblement. Il y avait bien au fond du cœur de la jeune comtesse une voix importune qui lui disait que, Mme Garnier ayant habité une grande partie de sa vie des pays fort chauds, le climat du nord lui serait peut-être nuisible ; mais elle étouffait de son mieux les tristes pressentiments qui l'obsédaient quelquefois jusqu'à prendre les proportions d'un remords; et comme elle avait depuis longtemps tout pouvoir sur l'esprit trop faible de sa mère adoptive, celle-ci consentit encore à abandonner sa résidence et ses habitudes.

Le voyage fut donc résolu, et exécuté à la grande joie du comte et de sa femme. Mais, hélas! l'appréhension intime que Thérèse avait voulu traiter de chimérique ne tarda pas à se réaliser : les fatigues de la route, l'âpreté du climat, le changement d'habitudes, influèrent d'une façon funeste sur la santé si délabrée de la pauvre Mme Garnier, et le mal fit des progrès si rapides, que bientôt il ne fut plus même possible de songer à retourner à Toulouse.

Nous devons dire, à l'honneur de la comtesse, que ni les plaisirs du monde,

ni les distractions de la grande ville, ne
purent lui faire oublier ses devoirs d'affection et de reconnaissance; elle s'établit la
garde-malade de sa mère adoptive, et pendant trois mois entiers elle lui prodigua
tous les soins de la fille la plus tendre.

« Oh! je ferai si bien que vous serez
bientôt sur pied, plus forte et mieux portante que jamais, » lui disait-elle en lui
baisant les mains.

Et lorsque l'enchanteresse parlait de la
sorte avec sa voix douce et caressante, son
regard inspiré, la bonne dame croyait
qu'elle guérirait en effet, tant elle avait
confiance en sa chère Thérèse.

Cependant la mort fut inexorable, et le
chagrin de la jeune femme en perdant sa
vieille amie fut d'autant plus vif qu'elle se
reprochait d'avoir peut-être hâté par son
imprudence ce triste événement.

Pendant qu'elle était en proie à cette juste douleur, les héritiers naturels de Mme Garnier attaquèrent le testament par lequel celle-ci donnait tous ses biens à sa fille adoptive. Cette circonstance réveilla l'énergie native de Mme de Châteauvert; elle secoua son chagrin comme on chasse un mauvais rêve, défendit ses droits avec beaucoup de force et d'adresse, et, après des peines infinies, elle parvint enfin à gagner ce procès important; ce qui la mit en possession de vingt-cinq mille francs de rente.

L'étoile de Thérèse brillait donc d'un nouvel éclat. La fortune ne cessait de lui prodiguer ses faveurs; elle venait de mettre au monde un fils aussi beau que sa mère; son mari continuait à se montrer plein d'affection et de déférence. Rien ne manquait à son bonheur; rien, excepté le calme de l'esprit, le contentement de l'âme, qui, selon le proverbe, vaut mieux que la richesse, et que peuvent seuls donner le témoignage d'une conscience pure et la modération chrétienne. Cette ambition insatiable dont elle n'avait pas su triompher dès le principe était comme un feu dévorant qu'on ne peut plus maîtriser, et qui s'alimente et se fortifie, au contraire, de tout ce qu'on lui jette pour l'éteindre. Elle avait souhaité la vie douce et facile des filles de la classe bourgeoise, et ce souhait avait été accompli; elle avait désiré des succès dans le monde, et le monde avait prévenu ses désirs; elle avait voulu un nom aristocratique, et la fortune lui avait offert le titre de comtesse; elle ambitionna l'honneur d'être présentée à la cour, et non-seulement elle atteignit ce but, après de grandes difficultés, il est vrai, mais elle

parvint plus tard à être admise dans l'inti-
mité des plus grandes dames de ce temps.

Et cependant Thérèse n'était point heureuse encore ; sans compter les petits dé-
boires journaliers, les coups d'épingle qui
ne pouvaient manquer de l'assaillir, sa
passion dominante grandissait à chaque
nouveau triomphe, ne lui laissant ni trêve
ni repos; son ambition était un abîme sans
fond que rien n'était capable de combler.
Maudissant son sexe, qui ne lui permettait
point d'avoir elle-même une charge im-
portante, elle voulut au moins élever son
mari à de hauts emplois, et parvint, à force
d'intrigue, à le faire nommer préfet, espérant le faire arriver un jour à la pairie,
qui lui paraissait alors le comble du bonheur, comme devant asseoir sa maison sur
des bases durables. Malheureusement nul
homme n'était moins propre que le comte

à seconder les vues ambitieuses de sa
femme. D'une capacité médiocre, d'un
caractère paisible et indolent, il n'aurait pas mieux demandé que de jouir en
repos d'une fortune qui dépassait ses espérances.

« Qu'ai-je besoin d'être préfet, ministre ou pair de France? répondait-il quelquefois aux excitations incessantes de la
comtesse. Notre fils s'en portera-t-il mieux
pour cela? en deviendrez-vous plus aimable? ou dînerai-je de meilleur appétit?
Ne serait-il pas plus sage de rester à Paris,
et de poursuivre la carrière militaire, que
j'ai toujours aimée, plutôt que d'en embrasser une autre qui ne me convient nullement? »

Mais la jeune femme était loin de fléchir
devant ces considérations.

« Vous ne pouvez pas refuser le poste

important que le roi vient de vous confier,
disait-elle : il y va de votre honneur. Par-
tez, et rapportez-vous-en à moi pour faire
valoir votre zèle et vos talents; dès que je
serai parvenue à vous faire nommer pair
de France, vous pourrez donner votre dé-
mission de préfet, si bon vous semble,
car le but sera atteint.

— Bah! répondit-il, lorsque vous serez
pairesse, vous voudrez encore autre chose,
un royaume, un empire, que sais-je? »

Il partit néanmoins, fort mécontent de
sa femme, qui refusa obstinément de l'accompagner, car elle voulait demeurer à
Paris pour travailler à le faire nommer
pair, ce qui ne lui paraissait pas plus difficile à obtenir que les autres faveurs dont
la fortune l'avait comblée jusque alors. Cependant cette proie, si ardemment con-
voitée, lui échappa longtemps, et souvent

au moment même où elle se croyait sur le point de l'atteindre. Pour y parvenir plus sûrement, la comtesse dressa de nouvelles batteries; elle déploya un faste éblouissant, donna des fêtes charmantes, et fit des dépenses excessives qui dépassaient de beaucoup ses revenus. Le désir de satisfaire ses créanciers sans rien diminuer du train de sa maison la poussa à jouer à la bourse. Ses premiers essais furent heureux; mais la fortune, qui jusque alors s'était montrée son esclave fidèle, se lassa enfin et l'abandonna tout à fait. La chute devait être aussi grande que les succès avaient été éclatants. Dans une seule spéculation imprudente Mme de Châteauvert perdit presque tout ce qu'elle possédait, et le chagrin qu'elle en éprouva la fit tomber dangereusement malade. Pour comble de disgrâce, le comte, responsable des sottises de sa femme, fut

destitué de son emploi, et emprisonné
pour dettes.

Lorsque Thérèse apprit ce nouveau malheur, elle languissait depuis trois mois sur
son lit de souffrance, une fièvre ardente
la dévorait; mais l'excès même de la douleur lui rendit tout à coup quelque force.
Elle se fit habiller en toute hâte, demanda
une voiture, et partit pour la prison, voulant absolument revoir son mari, le consoler dans son malheur, dont elle était
l'unique cause, lui demander pardon de
ses torts. Un sentiment nouveau, celui
d'une tendresse véritable, mêlée de remords et de pitié pour la victime de son
ambition, pour le père de son enfant, venait de s'éveiller dans son âme; le revoir
et lui recommander son fils avant de mourir, lui paraissait alors le seul soulagement
possible à l'excès de ses souffrances. Elle

arriva haletante, le corps brisé, et cependant émue par une joie mêlée de tristesse.

Un employé de la prison alla prévenir le comte de cette visite. Thérèse attendit le retour de son messager, en proie à une impatience et à une exaltation d'esprit impossibles à décrire; il vint enfin.

« Madame, dit-il avec indifférence, M. de Châteauvert refuse de vous recevoir.

— Il refuse de me recevoir! lui, mon mari! » s'écria la pauvre femme d'une voix déchirante.

Et avant qu'on eût pu la secourir, elle s'affaissa sur elle-même privée de sentiment.

CONCLUSION.

Plusieurs années après les événements que nous venons de raconter, une femme au visage maigre et pâle travaillait près de la fenêtre, dans la salle basse d'une petite maison de campagne. Le jour, qui était alors sur son déclin, bientôt lui manqua tout à fait; alors elle plia son ouvrage, appùya sa tête dans ses mains, et se mit

à réfléchir profondément. Sans doute ses
pensées étaient douloureuses, car de grosses larmes coulèrent le long de ses joues.
Levant les yeux vers le ciel, comme pour
demander miséricorde ou consolation, elle
s'écria :

« Mon Dieu ! que votre volonté soit
faite ! »

Dans le même moment, le bruit d'une
carriole se fit entendre dans la cour ; la
pauvre affligée courut aussitôt ouvrir la
porte.

« Que je suis heureuse de vous voir,
ma chère tante ! dit-elle, en embrassant
tendrement une bonne vieille femme qui
la pressait sur son cœur.

— Je serais venue plus tôt, ma Thérèse ;
mais je voulais t'apporter de bonnes nouvelles, et les affaires traînent toujours
plus longtemps qu'on ne croit. Enfin,

grâce à Dieu, tout est maintenant terminé.
M. Godobe, le dernier des créanciers, est
entièrement payé; ta petite maison est
louée trois cents francs; ton oncle a passé
bail ce matin.

— Que je vous suis reconnaissante de
tous les sacrifices que vous avez faits pour
moi l'un et l'autre!..... dit la pauvre
femme d'une voix si émue qu'on l'enten-
dait à peine.

— Il est bien question de cela vrai-
ment! Est-ce que tu n'es pas notre fille?
Est-ce qu'on ne se doit pas tout entier à
son enfant?..... Mais je te trouve encore
bien fatiguée, ta santé ne se rétablit point,
ajouta-t-elle en la regardant attentivement
à la lueur d'une lampe que Thérèse venait
d'allumer.

— Je vais cependant beaucoup mieux.

— Non, non, tu te chagrines trop, tu

regrettes le passé : une si belle fortune, c'est bien naturel ! Ah ! que ne suis-je assez riche pour te rendre tout ce que tu as perdu ! tu redeviendrais heureuse alors.

— Pas plus que je ne le suis maintenant de toutes vos bontés, » répondit la comtesse en fondant en larmes.

Et comme Mme Bodillot s'affligeait profondément de la voir dans cet état :

« Ne vous chagrinez pas, dit-elle en l'embrassant encore; ce que je vous dis est vrai, je n'ai jamais été plus heureuse que je le suis depuis que, tournant enfin mes regards vers le Ciel, je me suis repentie de mes fautes au pied des saints autels. La fièvre d'ambition dont j'étais dévorée au temps de ma jeunesse ne m'a jamais laissée jouir en repos de toutes les faveurs dont la Providence m'avait comblée. Maintenant que le malheur a pesé sur ma tête et

que l'expérience m'a rendue plus raisonnable, je me suis rappelé de sages paroles
que ma mère m'avait dites jadis, quand je
laissai échapper pour la première fois l'expression des pensées orgueilleuses qui s'agitaient déjà confusément dans mon âme :

« Le bonheur ne consiste pas à avoir
« de la fortune ou des titres, mais à savoir
« se contenter de ce qu'on possède, en
« se soumettant en tout à la volonté de
« Dieu. »

« Je tâche donc d'être satisfaite de mon
sort, et d'en tirer le meilleur parti possible;
et, au fait, quoiqu'il soit fort pénible de
déchoir, j'avoue que je ne dois pas me
trouver malheureuse. Nous ne sommes
plus riches, mais nous avons de quoi
vivre. Mon fils croît en force et en intelligence. Mon mari, qui a eu contre moi de
justes motifs de plainte, s'est montré géné-

reux et semble avoir oublié mes torts; vous-même, ma chère tante, vous m'avez rendu toute votre tendresse..... Ah! je suis plus heureuse que je ne l'ai mérité, je me répète cela tous les jours.....

— Et cependant tu pleures, interrompit Mme Bodillot les larmes aux yeux.

— Oui, je pleure mes erreurs passées, je pleure le mauvais usage que j'ai fait de tous les dons que j'ai reçus du Ciel, je pleure sur ma bienfaitrice dont j'ai peut-être avancé la mort, sur mon mari que j'ai tourmenté si souvent, sur mon fils que j'ai ruiné; mais ces larmes ont perdu leur amertume depuis que j'espère en la miséricorde de Dieu et que je me confie dans sa bonté. »

Comme elle achevait ces mots, un bruit de pas retentit dans le vestibule, et le comte entra dans la salle, tenant par la main le jeune Eugène, qui courut offrir à sa mère des fleurs qu'il venait de cueillir pour elle. Pendant ce temps M. de Châteauvert embrassait cordialement sa tante Bodillot, et, tendant la main à sa femme :

« Comment vous trouvez-vous aujourd'hui ? lui dit-il.

— Beaucoup mieux, mon ami, et la présence de ma tante, ainsi que les heureuses nouvelles qu'elle m'apporte, me rétabliront bientôt tout à fait, je l'espère.

— Allons, décidément nous sommes en veine de bonheur, reprit le comte avec gaieté. J'ai visité tout à l'heure mes plantations ; elles viennent à merveille, et vous allez voir ma chasse. »

Alors, avec une joie presque enfantine, il étala complaisamment sur une table tout le gibier que renfermait sa carnassière, tandis que le petit Eugène sautait de plaisir

en frappant ses mains l'une contre l'autre,
et que la tante Bodillot poussait des excla-
mations de surprise, qui flattaient prodi-
gieusement l'amour-propre du chasseur.

Thérèse contempla ce tableau avec une
émotion triste et douce à la fois; puis,
levant les yeux vers le ciel, elle s'écria du
fond du cœur :

« Que n'ai-je moi-même cette sage modération qui permet de jouir des moindres
faveurs de la fortune! Mais, si véritablement ceux que j'aime sont heureux ainsi,
qu'importent mes propres souffrances! Et
d'ailleurs, si je les supporte avec résignation, elles attireront peut-être les bénédic-
tions du Ciel sur mon mari et sur mon
fils! »

Ranimée par ce noble et pieux espoir,
et après mille combats intérieurs, la pauvre
Thérèse parvint enfin, à force de réflexions

et de prières, à dominer cette ambition
insatiable dont les fruits lui avaient été si
funestes. Elle consacra le reste de sa vie à
l'éducation de son fils, au bonheur de ceux
qui l'entouraient et à la pratique des vertus
chrétiennes. Elle finit par jouir, dans
l'humble fortune où elle était redescendue,
du calme et de la félicité qu'elle n'avait
pu goûter au sein des richesses et des gran-
deurs, et qu'on ne trouve jamais que dans
l'accomplissement de ses devoirs, quelles
que soient notre condition et notre fortune
ici-bas.

LAZARINE.

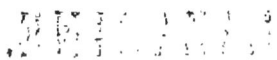

I

Dans un élégant salon de Marseille, quatre jeunes filles entouraient une grande caisse arrivée de Paris par la diligence à l'adresse de Lazarine Duras, la plus jeune d'entre elles.

« Cette couronne ornée de grosses

perles, ces vases de fleurs, ce voile de moire brodé d'or, ces chandeliers de vermeil, tout cela est du meilleur goût, disait Adélaïde Moreau, petite personne fort étourdie, de seize à dix-sept ans au plus ; mais j'avoue que si j'avais eu, comme Lazarine, le bonheur d'avoir une marraine très-riche, qui me laissât le choix du cadeau qu'elle voulait me faire, je n'aurais jamais pensé à lui demander des ornements d'église pour la chapelle de mon village.

— Et qu'aurais-tu donc choisi, ma chère? dit Lazarine d'une voix douce et modeste.

— Mais une robe de cachemire et une parure de perles fines, je crois, répondit Adélaïde en rougissant un peu.

— Quel enfantillage ! s'écria d'un ton doctoral Mlle Pélagie, la doyenne de l'as-

semblée; une femme raisonnable attache
fort peu de prix à ces bagatelles ruineuses.
A la place de Lazarine, j'aurais préféré
une bibliothèque bien choisie; ou, si elle
voulait faire une bonne œuvre, elle n'a-
vait qu'à demander à sa marraine plusieurs
pièces de bonne toile pour fabriquer des
chemises à toutes les pauvres femmes de
son village.

—Cela est très-philanthropique, sans
doute, répondit avec un malin sourire une
brune piquante, dont le regard caressant
s'arrêtait avec complaisance sur le doux
visage de Mlle Duras, son amie intime;
mais, croyez-vous, Pélagie, que ce ne
soit pas faire aussi une bonne action que
d'orner la maison du Seigneur?

—Chacun a sa manière de voir; moi,
je trouve plus méritoire de donner de l'ar-

gent aux pauvres, répondit Pélagie en pinçant ses lèvres.

— Est-ce que l'un empêche l'autre? répliqua vivement la jolie brune; ne croyez-vous pas, Mademoiselle, que les personnes les plus pieuses, les plus *dévotes,* pour me servir de votre terme de prédilection, sont toujours aussi les plus charitables? Voyez plutôt Lazarine, qui va à la messe tous les jours et qui pare elle-même l'église: n'emploie-t-elle pas à secourir les pauvres la plus grande partie de l'argent que sa mère lui donne chaque mois pour sa toilette ou ses menus plaisirs?

— Mais, je suis loin de blâmer Lazarine, se hâta de dire Pélagie; j'admire, au contraire, sa générosité et son bon cœur.

—De grâce, mes bonnes amies, brisons là-dessus, dit Lazarine en souriant; je n'ai

pas grand mérite à faire quelques aumô-
nes, puisque mes parents ont la bonté de
me donner beaucoup plus d'argent que je
ne saurais en dépenser pour mes besoins
personnels. Quant à mes ornements d'é-
glise, je suis enchantée que vous les trou-
viez magnifiques ; rien n'est trop beau,
suivant moi, pour l'usage auquel je les des-
tine ; et vous-même, Pélagie, si vous voulez être assez aimable pour venir, comme
Camille et Adélaïde, passer le printemps
avec nous à la campagne, je suis sûre que
vous serez très-contente de voir l'autel de
la sainte Vierge si bien paré pendant le
mois de Marie.

— J'accepte de bon cœur, dit Pélagie
avec empressement.

— Voilà qui est convenu, reprit Lazarine ; et, en attendant le mois de mai, qui

est encore bien loin, permettez-moi de vous offrir des fruits et des gâteaux qu'un ami de mon père nous a envoyés d'Afrique et que je me fais une fête de partager avec vous. »

Elle tira le cordon de la sonnette, et un domestique parut, apportant, sur un grand plateau de vermeil, des corbeilles élégantes, dont les unes renfermaient de magnifiques dattes en grappes, les autres des bananes en pleine maturité, des figues de Barbarie soigneusement débarrassées de leurs nombreux bouquets d'épine, des mandarines si douces que les oranges de Portugal elles-mêmes ne pouvaient soutenir la comparaison. Il y avait aussi un ananas presque aussi gros qu'une pastèque, et des gâteaux au miel, parfumés de musc et d'essence de rose, pétris par les blanches mains de quelque belle Mauresque.

Les jeunes filles s'extasièrent sur toutes ces raretés; et Lazarine en faisait les honneurs avec la simplicité gracieuse qui lui était naturelle, lorsque la femme de charge vint la prévenir que Mme Duras l'appelait dans sa chambre.

« Je vais voir ce que me veut ma bonne mère, et je reviens à l'instant, dit-elle à ses compagnes; mais, si vous voulez être bien gentilles, vous continuerez, en attendant, à faire honneur à notre collation africaine.

— Que notre amie est heureuse! » s'écria Adélaïde, tout en attaquant fortement les dattes et l'ananas : « à peine sortie de pension, elle se voit comblée de présents, environnée d'hommages; on prévient ses moindres désirs; ses parents ne sont occupés que du soin de lui être agréables, et

les plus grandes dames l'invitent à leurs
soirées.

— Voilà ce que c'est que d'être
riche ! » répondit Pélagie en compri-
mant un soupir.

— Dites aussi, bonne, gracieuse, spirituelle, jolie, remplie de talents et de
mérite, » répliqua l'aimable Camille.

— Tout ce que vous voudrez, ma chère;
mais eût-elle cent fois plus de qualités,
elles lui serviraient beaucoup moins pour
ses succès dans le monde que les huit cent
mille francs que **M.** Duras doit laisser un
jour à sa fille unique.

— Il faut avouer du moins qu'il est
impossible de faire un meilleur usage de
sa fortune, dit encore Camille; car, loin
de s'en enorgueillir, ou de la gaspiller en

choses futiles, Lazarine ne s'en sert que pour secourir les indigents et pour être agréable à ses connaissances. »

Cette conversation fut interrompue par l'arrivée d'une vieille femme de chambre que Mlle Duras envoyait à ses amies pour leur dire que, retenue auprès de sa mère, elle ne pourrait pas redescendre au salon, et qu'elle les priait de vouloir bien l'excuser.

« Mon Dieu! qu'est-il donc survenu de fâcheux? s'écria Camille avec l'anxiété d'une amitié véritable: Lazarine serait-elle indisposée?

— Je ne sais, mais Mademoiselle pleure et Madame est plus pâle que la mort. Enfin voilà ce qu'on m'a ordonné de dire à ces demoiselles, et je suis à leurs ordres pour les reconduire chez leurs parents. »

II

Pendant que les jeunes filles retournaient à leur demeure, tout en questionnant la femme de chambre et en interprétant diversement ses paroles, suivant le cœur et le caractère de chacune d'elles, une chaise de poste emportait rapidement Mme et Mlle Duras sur la route de Grasse, où le chef de famille se trouvait pour affaires.

« Pourvu qu'il ne soit pas trop tard! disait la mère dans une agitation impossible à décrire.

— Non, non, maman; rassurez-vous, je vous en conjure. Vous interprétez mal le sens de la lettre de M. Viriville; mon père est trop bon chrétien pour attenter à ses jours, et quel que soit le malheur qui le frappe, il le supportera, soyez-en sûre, avec le courage et la dignité dont il a donné tant de preuves.

— Dieu le veuille, mon enfant! je connais comme toi la vertu de ton père; mais le désespoir ne peut-il donner un moment de délire à l'homme le meilleur et le plus sage!.... Ces chevaux marchent bien lentement!

— Calmez-vous, je vous en supplie, ma bonne mère, ou vous tomberez malade, et, loin d'être utile à mon père, vous augmenterez ses chagrins! »

Il était grand jour déjà lorsque les deux voyageuses entrèrent dans la maison de M. Viriville.

« Où est mon mari? demanda Mme Duras à cet ami de la famille, qui vint les recevoir.

— Vous allez le voir, Madame, mais vous le trouverez bien affligé; il avait besoin de votre présence pour pouvoir supporter un si grand malheur.

— Il vit donc encore! Dieu soit béni! s'écria-t-elle d'une voix tremblante d'émotion. Mon ami, conduisez-moi vers lui.»

M. Duras était au lit, le teint animé,

les yeux hagards, dévoré par la fièvre. Dès qu'il aperçut sa femme et sa fille, il s'écria d'une voix déchirante :

« Nous sommes ruinés ! sans ressource ! Ma pauvre fille, que vas-tu devenir ?

— Votre consolation, mon père ! répondit Lazarine en couvrant de baisers et de larmes la main brûlante du vieillard.

— Hélas ! continua-t-il avec exaltation, ma vie entière a été employée à augmenter encore, par mon économie, cette belle fortune que mon père avait acquise à la sueur de son front, et que j'étais si fier de laisser avec un nom sans tache à mon unique enfant ! Et par les folles spéculations, par l'indélicatesse surtout d'un homme que j'aimais comme un frère et pour lequel j'ai engagé tous mes biens, tu es ruinée, ma fille !..... tu es ruinée !.....

Malheureux que je suis, j'ai réduit ma famille à la misère !

— De grâce, calmez-vous, mon père bien-aimé, dit Lazarine avec tendresse ; ne vous accusez point, comme si c'était un crime, d'une action trop généreuse peut-être, mais qui honore votre beau caractère. M. Ponsel paraissait mériter votre confiance, et tout le monde croyait comme vous à ses talents et à sa probité.

— Et le misérable a disparu emportant des sommes énormes, laissant partout des créanciers qui sont devenus les miens, puisque j'ai eu l'imprudence de répondre pour lui ! Jamais ce que je possède ne pourra suffire à payer toutes les dettes ! Déshonoré, après tant d'années d'une vie sans reproches !..... Oh ! je voudrais être mort !....

— Mon père, que deviendrions-nous si vous nous manquiez! dit Lazarine en sanglotant. Ah! des malheurs qui nous menacent votre perte serait le plus cruel, le seul irréparable!

— Mon ami, peut-être voyez-vous trop en noir, dit timidement Mme Duras, qui cherchait à donner à son mari une espérance qu'elle-même ne conservait pas; vous jouissez d'un grand crédit, nos biens sont considérables, faciles à réaliser, et en redoublant d'économie.....

— Ne nous berçons point de flatteuses chimères, interrompit le vieillard; les créanciers ne voudront pas m'accorder le temps nécessaire pour qu'il soit possible de vendre avantageusement nos biens..... tout est perdu! vous dis-je. »

Mme Duras ne répondit plus que par ses

larmes, tandis que Lazarine, assise auprès du lit, suppliait sa mère d'aller prendre un peu de repos.

Les soins assidus de sa femme et de sa fille, et la nécessité de s'occuper sans retard de ses tristes affaires, rendirent bientôt au malade la force nécessaire pour se mettre en route; toute la famille repartit alors pour Marseille.

III

Tant que Mme Duras avait tremblé pour l'existence de son mari, elle n'avait pas eu une seule pensée pour la perte de sa fortune; mais une fois rassurée sur cette vie précieuse, la position cruelle où sa famille se trouvait réduite se présenta vivement à son imagination et l'accabla de tristesse. Lazarine chercha alors à relever le courage abattu de sa bonne mère par une apparente confiance dans la générosité des créanciers, confiance qui était bien loin de son pauvre cœur.

« Soyez-en certaine, lui disait-elle avec tendresse, tout s'arrangera.

— Oh! si j'étais seule à souffrir! répondait la pauvre femme. Mais te voir réduite à un état voisin de l'indigence, toi qui étais une riche héritière, toi élevée au milieu des jouissances du luxe!

— Eh bien! ne suis-je pas assez jeune pour changer d'habitudes? les commencements seront un peu pénibles peut-être; mais Dieu me viendra en aide, et avec le secours de sa grâce je serai forte, ma mère. »

En ce moment une lettre fut remise à
Mme Duras; elle était de la marraine de
Lazarine.

« J'ai appris, écrivait Mme d'Orseil, le
« malheur qui vient de vous frapper, et
« j'y prends la part la plus vive. Je vou-
« drais de tout mon cœur pouvoir vous
« être utile, car je vous aime tendrement,
« et je n'ai point oublié tout ce que je
« dois de reconnaissance à votre excellent
« mari. Malheureusement ma fortune con-
« siste surtout, comme vous le savez, en
« rentes viagères, et, malgré leur impor-
« tance, elles suffisent à peine au train de
« ma maison. Mais je suis veuve et sans
« enfants; quoique assez jeune encore, je
« n'ai nullement l'intention de me rema-
« rier; envoyez-moi Lazarine; chez moi

« du moins cette chère petite ne souffrira
« point de l'état de gêne dans lequel vous
« allez vous trouver, et qui, telle que je
« vous connais, vous sera plus pénible
« pour elle que pour vous-même. Je ferai
« tous mes efforts pour lui rendre la vie
« douce et agréable, je la conduirai par-
« tout avec moi, elle sera ma sœur et
« mon amie, et, grâce à mes relations
« dans le monde, je trouverai, soyez-en
« sûre, à l'établir avantageusement. »

« O la digne, l'excellente femme !
s'écria Mme Duras, dont le pâle visage
s'était coloré d'une rougeur subite ; lis
cela, ma fille chérie: tes vertus méritaient
cette consolation. »

Lazarine se sentit vivement émue des
bienveillantes dispositions de sa marraine :

la moindre preuve d'affection devient précieuse pour ceux que le malheur accable.

« Ma fille, dit Mme Duras, écris toi-même à Mme d'Orseil pour la remercier de ses bontés, et dis-lui que tu profiteras de la première occasion convenable pour la rejoindre.

— Moi, vous quitter! séparer mon sort du vôtre! s'écria Lazarine tout en larmes ; jamais!..... jamais !

— Hélas ! mon enfant, Dieu m'est témoin que tu es mon premier amour, mon unique consolation ici-bas ; mais ton bonheur m'est plus cher que le mien. Je connais Mme d'Orseil depuis son enfance, elle tiendra tout ce qu'elle promet ; car, quoique un peu trop mondaine peut-être, elle a le cœur excellent et le plus charmant caractère qu'il soit possible d'imaginer ; tu seras très-heureuse auprès d'elle, et du moins je mourrai tranquille sur ton sort.

— Heureuse loin de vous, loin de mon père chéri! heureuse en vous laissant dans l'affliction! Ah! ne le croyez pas, ma mère bien-aimée. Quoi! je passerais ma vie dans les plaisirs et l'abondance, lorsque mes bons parents vivraient de privation! Non, cela n'est pas possible!

— Un jour peut-être, lorsque nos affaires seront terminées, nous pourrons aller te rejoindre, reprit Mme Duras. »

Sa tendresse maternelle lui suggéra encore mille raisonnements qu'elle croyait propres à décider sa fille. M. Duras, instruit de la demande de Mme d'Orseil, joignit ses instances à celles de sa femme, sacrifiant tous deux leur satisfaction la plus chère à ce qu'ils croyaient avantageux à

leur enfant ; car l'un et l'autre aimaient
Lazarine de l'amour le plus vif et le plus
désintéressé, et ils se seraient résignés.
sans murmure au cruel isolement où les
aurait plongés son départ pour la savoir à
l'abri de l'indigence. Mais pour la première fois de sa vie la jeune fille résista
aux désirs de son père et de sa mère ; sa
conscience se trouvait d'accord avec son
cœur pour l'engager à refuser les avantages
personnels qu'elle aurait pu trouver dans
son séjour à Paris. Elle offrit à Dieu, du
fond de son âme pieuse et tendre, le sacrifice de ses habitudes de luxe, de ses illu-
sions de jeunesse, de ses rêves d'avenir,
et ne pensa plus qu'à se consacrer tout
entière à soigner ses parents.

Cependant les pressentiments de
M. Duras ne l'avaient point trompé ; ses
créanciers, nécessiteux pour la plupart,

se montraient impatients de recevoir ce qui leur était dû. Tout en plaignant le malheur d'un homme dont on reconnaissait hautement la bonne foi, on fit vendre par expropriation ses maisons, ses terres, son mobilier, et jusqu'à la harpe de Lazarine.

Il ne restait à cette pauvre famille qu'une pension de douze cents francs, léguée à Mme Duras par une de ses tantes. Ils quittèrent donc leur jolie maison du cours Bonaparte, et allèrent s'établir dans un petit logement, composé seulement de trois pièces.

Adélaïde Moreau, qui s'était présentée plusieurs fois chez Lazarine sans être reçue, perdit alors ses traces, car la saison des plaisirs absorba bientôt le temps et les pensées de cette jeune fille légère.

Quant à Mlle Pélagie, elle craignait trop, disait-elle, de rappeler par sa présence de pénibles souvenirs, pour se montrer aux yeux de la famille Duras.

Mais la bonne Camille n'oublia point son amie : elle lui consacrait, au contraire, tous ses moments de loisir, mêlait ses larmes aux siennes, et parvenait parfois à faire naître le sourire sur ses lèvres décolorées.

Le plus grand chagrin de Lazarine était de ne pouvoir arracher son père à la profonde tristesse où elle le voyait plongé. Le vieillard passait quelquefois des journées entières affaissé dans l'unique fauteuil de la maison, la tête penchée sur sa poitrine, sans prononcer une parole, sans exprimer un désir. Cet état de complet abattement ne pouvait avoir d'autre ré-

sultat que la folie ou la mort; c'était l'avis
du médecin, c'était la crainte incessante
de Mme et de Mlle Duras.

Un jour que la mère et la fille contem-
plaient, dans une douloureuse angoisse, le
pauvre malade plus accablé encore que de
coutume, elles virent arriver la charmante
Camille, un bouquet de violettes à la main
et suivie d'un homme, chargé d'une harpe
que Lazarine reconnut aussitôt.

« C'est ta fête aujourd'hui, dit la jeune
fille en embrassant son amie; je t'apporte
les fleurs que tu aimes le mieux, et la harpe
dont tu sais tirer de si doux sons; de la
main de ta Camille ces objets doivent être
bien reçus. »

Mlle Duras se jeta en pleurant dans les
bras de son amie.

« Ma bien-aimée, lui dit-elle, com-

ment cette harpe se trouve-t-elle en ta possession ?

« — J'en ai fait emplette afin de pouvoir
te la rendre, » répondit la jeune fille toute
rouge de confusion et de bonheur.

Lazarine saisit l'instrument avec l'avi-
dité d'un avare qui retrouve son trésor
perdu. Les cordes retentirent sous ses
doigts flexibles, et firent entendre de bril-
lants accords ; mais, s'arrêtant tout à coup
au milieu de ce gracieux prélude, Lazarine
embrassa de nouveau son amie et murmura à voix basse :

« Merci, ma bonne Camille ! merci
mille fois d'une attention si délicate ! mais
je n'ai plus ni le temps ni le désir de faire
de la musique.

— Continue, je t'en prie, cela me fait

du bien, » dit une voix tremblante d'é-
motion.

La mère et la fille tressaillirent toutes
les deux, comme frappées d'un même choc
électrique, en regardant M. Duras; il avait
relevé la tête, et il se tenait dans l'attitude
d'un homme qui écoute attentivement.

Lazarine reprit sa harpe, et en tira des
sons d'une ineffable douceur. Les trois
assistants étaient délicieusement émus;
jamais, dans les jours de prospérité, le
talent de la jeune fille ne s'était révélé
si complet.

Lorsque les dernières vibrations de l'instrument s'éteignirent par degrés, le vieillard, jusque-là silencieux et immobile, se
leva de son fauteuil, et pressa en pleurant
Lazarine sur son cœur.

A ces caresses inattendues dont elle était

privée depuis si longtemps, la pauvre fille
fondit en larmes.

« Soyez béni, mon Dieu, s'écria-t-elle,
de ce bonheur que je n'espérais plus ! »

Ces paroles arrivèrent comme une pointe
acérée jusqu'au cœur du malade : il se re-
procha hautement d'avoir augmenté par son
découragement l'affliction déjà si grande
des deux êtres qu'il chérissait le plus au
monde ; il promit de faire effort sur lui-
même pour surmonter désormais sa faiblesse, et se résigner, comme sa femme
et sa fille, à la volonté du Seigneur.

Le soir de ce même jour, Camille revint
auprès de son amie ; elle la prit en particulier, et lui dit :

« Ma chérie, j'ai confié à ma mère le
désir que tu éprouves de te créer quelques

ressources pour venir en aide à ta famille ;
je lui ai rappelé ton talent sur la harpe ;
elle s'est aussitôt souvenue d'une jeune
femme qui prendrait volontiers de tes
leçons.

— Mais je suis incapable d'en donner,
dit Lazarine en rougissant.

— Je pense tout le contraire, tu es une
artiste excellente. As-tu donc oublié les
nombreux prix de dessin et de peinture
que tu as remportés à la pension, et les
bravos étourdissants dont fut salué, le jour
de la fête de ton père, ce solo de harpe pour
lequel tu tremblais si fort ?

— Crois-moi, ma chère Camille, répondit Lazarine avec un bon sens mûri par
le malheur, entre ce succès de salon et le
talent véritable qu'on est en droit d'exiger
de l'artiste, il y a une distance immense

que tous mes efforts ne parviendraient pas à franchir. J'ai beaucoup réfléchi depuis six mois, et je suis convaincue maintenant que ces applaudissements, qui flattaient mon amour-propre, prouvaient bien plus l'indulgence des auditeurs, et leur désir d'être agréable à mes parents, que mon propre mérite.

— Mais avec tes dispositions naturelles, et ton noble dévouement à ta famille, tu acquerrais bientôt, j'en suis sûre, un talent remarquable; quel plaisir alors de te faire un nom et d'amasser une fortune que tu ne devras qu'à toi-même! Cette gloire que tu peux atteindre ainsi, n'a-t-elle donc plus de charme à tes yeux, toi à qui j'ai connu jadis tant d'admiration pour les beaux-arts?

— Je les aime plus que jamais, reprit

Lazarine en souriant ; mais la misère frappe à notre porte, et ne me laisse ni le temps d'attendre, ni celui de choisir la carrière la plus conforme à mes goûts. Lors même que je trouverais dès à présent quelques leçons à donner, il me serait impossible de laisser ma mère et mon père seuls pendant plusieurs heures, dans l'état de tristesse et de souffrance où le malheur les a réduits.

— Que veux-tu faire alors? demanda Camille, presque découragée.

— Des dessins de broderie, si tu peux me procurer de l'ouvrage. Tu vois, ma chère, que je ne renonce pas absolument aux arts, ajouta-t-elle avec un triste sourire.

— C'est une idée lumineuse ! s'écria

Camille, passant avec sa vivacité habituelle de l'abattement à l'espérance. Nous avons ici fort peu d'artistes en ce genre, et je te prédis un immense succès, car je connais ton bon goût. Adieu, ma chérie, je vais courir chez nos parents, chez les amies de ma mère, chez toutes nos connaissances; enfin dès demain tu auras à dessiner des cols, des robes, des bonnets grecs, plus que tu ne pourras en composer pendant un mois entier.

—Dieu le veuille!» dit Lazarine en serrant contre son cœur l'amie dévouée qui lui prêtait son énergique et généreux appui.

Et se mettant à la fenêtre, elle suivit des yeux la charmante Camille, qui s'éloignait d'un pas rapide. Puis elle se mit à genoux, et, pleine de confiance

en la bonté du Seigneur, elle le pria
longtemps pour la réussite de son entreprise.

———————

IV

Trois mois après, une certaine aisance
se faisait déjà remarquer dans le petit
ménage de la famille Duras. Une chambre
avait été ajoutée au logement commun;
cette pièce servait d'atelier à Lazarine,
qui travaillait du matin au soir avec une
sainte ardeur et un succès qui dépassait

ses espérances. Les commandes arrivaient en foule dans son humble demeure; les femmes élégantes ne voulaient confier qu'à Mlle Duras le dessin de leurs riches peignoirs de batiste, de leurs robes de cachemire, de leurs meubles en tapisserie. Le produit de cette industrie triplait à peu près le revenu de la pauvre famille.

Mme Duras put donc avoir une servante à ses ordres, et son mari se procurer des pots de fleurs qu'il cultivait avec un extrême plaisir sur la terrasse de la maison. Quant à Lazarine, son cœur bondissait de joie à la seule pensée d'être devenue le soutien et l'appui de ses parents chéris. Aucun mot ne saurait dire le bonheur que goûtait l'aimable fille en leur apportant le fruit de son travail; et elle persévérait à ne vouloir recevoir que d'eux-mêmes l'argent nécessaire pour sa modeste toilette.

« Après Dieu, c'est à toi que je dois ce bonheur ineffable, ma chère Camille! dit-elle un jour en épanchant son cœur dans celui de son amie.

— Mais je n'ai fait autre chose que de parler à tout le monde de tes vertus et de ton goût parfait; le Ciel a voulu récompenser ta piété filiale.

— Puisse-t-il récompenser de même ta généreuse amitié! » répondit Lazarine en essuyant des larmes que l'émotion faisait couler.

Cependant, malgré ce succès inespéré, tout n'était pas jouissance dans cette carrière laborieuse. Toutes les clientes de Lazarine ne montraient pas l'aimable bien-

veillance, l'exquise délicatesse qui res-
pectent le malheur et encouragent le
talent. Quelques-unes marchandaient le
prix du labeur de la pauvre artiste avec
une ténacité sordide; d'autres lui faisaient
recommencer plusieurs fois l'esquisse du
dessin demandé, et finissaient par vouloir
tout autre chose que ce qu'elles avaient
voulu d'abord.

Soudain un dessinateur étranger vint
s'établir à Marseille. La nouveauté lui
donna de la vogue; en spéculateur habile,
il fit payer ses dessins moins cher que
Mlle Duras, et il fallut tout le talent,
toute la persévérance de Lazarine pour
soutenir cette concurrence redoutable. Sa
santé s'altérait par un travail trop assidu,
et par des veilles prolongées quelquefois
jusqu'à deux heures après minuit; sa
beauté se flétrissait avant l'âge, et une

pâleur maladive remplaça bientôt la fraîcheur de son teint.

« Ménage-toi, je t'en supplie, mon
enfant bien-aimée, lui disait Mme Duras
lorsqu'elle surprenait sa fille, au milieu
de la nuit, assise dans l'atelier le crayon
à la main; j'aimerais mieux ne manger
que du pain, et me passer de feu pendant
l'hiver, que de te voir user ta jeunesse par
ces excès de travail!

— Je me porte à merveille, ma bonne
mère, répondait Lazarine avec un angélique sourire; et c'est un si grand plaisir
pour moi de contenter tout mon monde,
que je l'achète bien volontiers par le
sacrifice de quelques heures de sommeil
lorsque la besogne presse.

— Mais ne pas dormir à ton âge !

— Hé! chère maman, si j'allais au bal ou au spectacle, je veillerais aussi, n'est-ce pas? et sans autant de satisfaction, je vous assure. »

Et l'excellente fille disait vrai, car Dieu permet que la vertu trouve même en ce monde une première récompense dans le témoignage d'une conscience calme et pure.

Cependant un événement inattendu vint lui rendre moins nécessaire ce labeur de tous les jours. Mme d'Orseil, atteinte d'une maladie grave, et touchée des malheurs et de la noble conduite de sa filleule, lui légua trente mille francs.

A la mort de cette excellente femme, M. et Mme Duras supplièrent leur fille de se ménager davantage et d'abandonner même son état, puisque leur existence était désormais assurée.

— Ne dessine plus que pour ton plaisir, disait sa mère.

— C'est cela, ajouta le vieillard; fais seulement quelques jolies aquarelles, comme celles que tu nous as données pour notre fête.

— Ceci est ma récréation lorsque je ne suis pas trop pressée de travail, répondit Lazarine : mais j'aime mon état, et je ne veux pas y renoncer. »

En vain, à différentes reprises, M. et Mme Duras insistèrent; rien ne put vaincre la résistance, pleine de douceur et de respect, de Lazarine. Une pensée généreuse, qui avait germé dès longtemps dans son esprit, venait de s'y développer tout à coup, et lui donnait une fermeté inébranlable.

———

V

Onze années s'étaient écoulées depuis le jour où **M.** Duras, ruiné de fond en comble, s'était trouvé dans l'obligation de faire perdre dix pour cent à ses créanciers ; et ni les marques de sympathie qu'il avait reçues de ses concitoyens, ni le noble dévouement de sa fille, ni le témoignage

même de sa conscience n'avaient pu
rendre à cet honnête homme la sérénité de
l'âme, ce premier bien de la vie. Le mot de
faillite retentissait toujours jusqu'au fond
de son cœur; ce mot cruel lui semblait
être écrit sur son front en caractères ineffa-
çables. Le vieillard ne se plaignait point
cependant, pour ne plus affliger sa famille;
il vivait de la vie commune aux autres
hommes, et cherchait même à se procurer
des distractions; mais jamais son franc
sourire d'autrefois n'avait reparu sur ses
lèvres. Lazarine avait deviné cette plaie
secrète, et compris qu'un seul remède
pouvait la guérir. Ce remède, c'était d'arriver à payer les quarante mille francs que
son père devait encore. Son ardeur infati-
gable, ses travaux incessants, ses longues
veilles avaient pour but la réhabilitation de
son père. Économe dans ses dépenses, jus-

qu'à se refuser presque le nécessaire, Lazarine était parvenue, en deux années, à déposer quatre mille francs à la caisse d'épargne. Cependant le temps pressait, et la santé du vieillard s'affaiblissait de jour en jour.

« Si mon père allait succomber avant d'avoir pu jouir du bonheur que je lui prépare! disait Mlle Duras à Camille, seule confidente de ce noble projet.

— Ne te tourmente pas de la sorte, répondait cette bonne et constante amie, devenue depuis trois ans l'heureuse femme d'un médecin célèbre; ton père aura de longues années de vie.

— Mais ton mari lui-même m'a avoué qu'il le trouvait bien abattu depuis quelques jours, et qu'il ne pouvait répondre de rien.

— Crois-tu donc que les médecins sont infaillibles ! Espère en Dieu qui te protége ; lui seul ne se trompe point.

— Oh ! si je pouvais le libérer bientôt ! reprit Lazarine poursuivant son idée fixe ; ce bonheur inespéré rendrait à mon pauvre père la santé et la vie. Mais comment me procurer tout de suite le complément de la somme nécessaire !

— Il me vient une idée, dit Camille vivement, confie-moi les aquarelles qui ornent ce salon.

— Qu'en veux-tu faire, ma chérie ?

— Ceci est mon secret, donne toujours.

— Mais tu n'as pas sans doute la prétention de trouver un amateur qui les paie six mille francs ?

« — Peut-être ! répondit Mme Duponchel
d'un air mystérieux, tout en décrochant
elle-même les cadres.

« — Si tu pouvais tirer trois cents francs
de tout cela, je m'estimerais bien heureuse, dit encore Lazarine ; ce serait toujours autant de gagné.

« — Laisse-moi emporter tes tableaux,
le reste me regarde, » répliqua la bonne
Camille.

Et prenant une voiture, elle partit sur-
le-champ.

Une heure après, Mme Duponchel était
à la préfecture, sollicitant la permission de
mettre en loterie des tableaux faits par
Mlle Duras, dont elle racontait la noble vie
avec sa verve chaleureuse.

« Pourriez - vous me montrer ces

tableaux, Madame? demanda un vieillard qui se trouvait là et qui avait écouté très-attentivement.

— Certainement, Monsieur, si vous voulez prendre la peine de passer chez moi ; et j'ose espérer que vous voudrez bien aussi m'aider à placer plusieurs billets de loterie, ajouta-t elle avec son plus gracieux sourire.

— Et pourquoi, Madame, ne me vendriez-vous point ces tableaux? demanda le vieillard.

— De tout mon cœur, Monsieur, pourvu que vous en donniez six mille francs, répondit Camille en tressaillant de joie.

— Six mille francs! c'est une somme !

— Je ne les céderais pas pour un centime de moins ! reprit Camille, avec une confiance que l'amitié seule pouvait lui inspirer.

— Voyons toujours, répliqua le vieillard en offrant son bras à Mme Duponchel pour l'accompagner chez elle.

— Les tableaux sont bons, dit M. Lectours après un sérieux examen, et ils ne dépareront point ma galerie, quoiqu'ils soient loin de valoir le prix que vous en demandez, Madame. Mais je suis riche, je n'ai point d'héritiers directs; j'ai connu M. Duras dans ma jeunesse; sa douleur, les vertus de sa fille me touchent si vivement, que je ne céderais à personne mon emplette. Avant un quart d'heure, Madame, ma dette sera acquittée. »

Camille eût volontiers embrassé le

12*

vieillard ; elle le remercia avec effusion, et courut chez son amie.

Lazarine, surprise et ravie au delà de toute expression, reconnut le doigt de Dieu dans cet événement inespéré; elle tomba à genoux, et, la main dans celle de son amie, elle rendit grâces au Seigneur en versant des larmes de joie.

Ce fut un beau jour pour cette noble fille que celui où le président du tribunal, proclamant la réhabilitation de M. Duras, accompagna cette sentence d'un juste tribut d'éloges pour la probité et la délicatesse de cette famille respectable.

« O ma fille ! ma chère enfant ! s'écria le vieillard éperdu, je te dois plus que la vie, car tu viens de me rendre l'honneur ! »

Et, délirant de joie, il couvrait de baisers, il inondait de ses pleurs le pâle visage de Lazarine, tandis que Mme Duras pressait sur son sein maternel, sans pouvoir parler, cette fille chérie dont elle était fière à tant de titres.

Les larmes de la tendresse et du bonheur se confondirent longtemps dans une mutuelle étreinte. Jamais, non jamais, le trésor le plus précieux, la fortune la plus brillante n'auraient pu procurer une si douce ivresse! Camille vint bientôt partager ces transports, et la journée entière se passa dans des jouissances de cœur impossibles à décrire.

Le lendemain matin, Lazarine reprit courageusement ses crayons ; car les douze cents francs de rente qui restaient ne pouvaient pas suffire aux besoins de ses vieux parents.

Vers le soir, elle sortit un instant, elle allait porter un dessin chez une dame du voisinage..... En retournant à la maison, elle rencontra son père, qui s'avançait à sa rencontre d'un pas ferme et la tête haute, comme un homme déchargé d'un insupportable fardeau..... Les yeux du vieillard brillaient d'une douce fierté, et ses joues avaient repris une teinte plus vive ; on eût dit que la journée de la veille l'avait rajeuni de vingt ans. Lazarine vit ce changement extraordinaire, et son cœur s'éleva, plein de reconnaissance et d'amour, vers le Dieu qui l'avait protégée pour lui faire atteindre son noble but.

Mlle Duras fait encore aujourd'hui des dessins de broderie ; le bonheur paisible dont jouit sa famille lui a rendu aussi la joie et la santé. Comme son père, elle paraît rajeunie, et tout entière à la noble tâche qu'elle s'est imposée, l'humble fille ne demande pas au Ciel d'autre grâce que celle de l'accomplir jusqu'au bout, et de se rendre de plus en plus agréable au Seigneur dans cette vie d'abnégation et de dévouement.

FIN

TABLE.

TABLE.

———

FIN DE LA TABLE.

Tours. — Imp. Mame.

www.ingramcontent.com/pod-product-compliance
Lightning Source LLC
Chambersburg PA
CBHW071814020726
47502CB00004B/1106